U0022154

校園裡的椰子樹

鄭清文

國家圖書館出版品預行編目資料

校園裡的椰子樹／鄭清文著.－－三版一刷.－－臺北市:三民, 2019
面; 公分.－－(青青)

ISBN 978-957-14-6648-4 (平裝)

863.57 108007505

© 校園裡的椰子樹

著作人 鄭清文
發行人 劉振強
著作財產權人 三民書局股份有限公司
發行所 三民書局股份有限公司
地址 臺北市復興北路386號
電話 (02)25006600
郵撥帳號 0009998-5
門市部 (復北店)臺北市復興北路386號
(重南店)臺北市重慶南路一段61號
出版日期 初版一刷 1970年11月
二版二刷 2018年1月
三版一刷 2019年6月
編號 S 850830
行政院新聞局登記證局版臺業字第○二○○號

ISBN 978-957-14-6648-4 (平裝)

http://www.sanmin.com.tw 三民網路書店

校園裡的椰子樹

目次

二十年——二十年也勉強可算一代

一、歸來

1

「陸地！」

天才薄明，就有人在甲板上大喊起來。

「陸地！陸地！」

大家從床鋪上撐起身子，爭先恐後奔出了船艙。甲板上，充滿著興奮和激動。

我獨自躺在艙內不動。兩天了，第一次看到陸地，該是臺灣吧。但我一點也不感到興奮和激動。甲板上是一片嘈雜聲。船艙內本來是悶熱的，他們一走，一股強烈的酸腐氣味立刻撲進我的鼻孔，但我還是想一個人靜靜地躺下片刻。

這兩天，我一直沒有睡。太累了，有時反而睡不著。雖然睡不著，我實在不願意走動。這時，連走路都覺得吃力難受。

赤道附近的太陽已遠離，但我仍然可以感到那灼熱的太陽，白烈的陽光，和那一幕一幕惡夢般的現實。我們一齊來的那些人，現在並不一齊回來。這好像不是事實。沒有回來的，和回來的，都只是一種偶然。生與死，也同樣是一種偶然罷了。坐同一班船去的同伴，現在有多少人已變成了骨灰，有多少人只剩了一點指甲屑，一撮短髮，用張小小的紙張包裹著，放在同伴的口袋裡，紙上寫著姓名和地址，那就是一切了。而這紙包，並不一定永遠跟著一個人，當它們易手的時候，往往就要加一兩包進去。

我的口袋裡，就有四包。能夠裝在口袋裡回來的，多少也算是幸運的，有許多人，就在不知不覺間從地上消失了，他們再也不遺留些什麼。說不定，真正幸運的人，是那些什麼都不留下來的人吧。

也許，應該不留下什麼的，就是我。我曾經這樣祈望過，但我卻回來了。我實在不明白。我不明白，他們為什麼這麼興奮，躺在我隔壁那個人，整天整夜呻吟不停，一聽人家喊了「陸地」，卻也一躍起身，跟著人家擠出去了。

能活著回來還會不高興嗎？我就碰過，那些臨死的人，還一再的叮囑朋友，有一天能夠回家的時候，務必把他們一起帶走。

其實，每個人，在出發那天就想著回來的事了。

還記得兩年之前，離開了故鄉的碼頭，是個風高月黑的夜晚，碼頭上只有那些日本的指揮官和管理人員的身影在黑暗裡晃動，在輕輕的吆喝。為了怕敵人的飛機和潛艇，船隻都要在晚上出港。我們擠在船艙中，緊捏著從神廟求來的護符。

兩天前，我們離開了菲律賓，也是個夜晚。菲律賓的夜晚是美麗的，一鉤殘月斜掛在天空，襯托出南方海岸上的椰子樹的明晰的剪影，水在閃爍著銀光。

我們要在晚間離開，並不是為了那美麗的景色。我們害怕菲律賓人的報復。雖然這樣，碼頭上仍然聚集了不少菲律賓人，他們的眼睛充滿著敵視與仇恨。漫罵和嘲笑的聲音，不停地從他們的嘴唇間迸裂出來。有人向我們吐痰，也有人向我們擲石塊。我們只是低著頭，慢慢地踱上跳板。

當我踏上了跳板，就想起了老友叮囑的話，摸摸口袋，叫了那些人的名字，好像怕他們迷路，也好像怕他們猶豫。我輕輕地叫了一聲，「陳吉祥，要上船了，要回去了。」

我走進船艙，不久，船慢慢地離開了碼頭。我閉起眼睛，好像可以看到船尾拖著一條白色很長的泡沫。

2

船的速度漸漸緩慢下來，大家在甲板上歡呼、狂叫。

船已入港了。突然間，大家又擁進船艙，各自取了行李。其實，我們也沒有什麼行李，只一條軍毯，和一些零星的日常用品。

有人催促我，「已到了，還在發呆。」

有人想扶我，但我把他撥開。我很倦，卻也不想人家攙扶，我只跟在人群裡，很慢很慢地踱到甲板上。在甲板上已可以看到黑壓壓的人頭在不停地鑽動。

船在緩慢靠岸，船上的人在一齊揮手，碼頭上的人也是這樣。這時候，兩邊的人都還不能認清對方的臉孔。不久，兩方已可以漸漸看到對方的表情。每個人都在尋找，眼睛充滿著祈求、焦慮和不安。船上的人雖也焦慮，但卻沒有不安。

家裡，雖然也不免有些變故，但和在外島的比較起來，就算不了什麼。這才一兩年的事。家人，把自己的兒子，自己的丈夫，自己的兄弟或自己的父親一批一批的送出去了，希望回來的也是那一些人。但目前，他們只有希望，卻沒有自信。

有的人已寫信回來，家人就可以放心了，他們倒也不必祈望一定搭這一班船的。但他們還是來了，早一個小時也好，他們希望能見到自己的親人。有的人，甚至於不知道自己的人是死是活，只要明知，他們就可以希望，而他們也願意這樣希望。

我望望岸上，碼頭附近的房屋，很多已倒塌下來，只剩下一些殘垣頹牆。是高雄呢，還是基隆？希望是高雄，高雄可以離家遠一點，家人也不至趕來。

我一直沒有寫信回來。我對自己一直沒有自信，我不敢相信自己會回來。許多應該回來的，都已不能回來了。而且，我還親自看到，有些人，在寫信之後，只因多吃了一點東西，把千辛萬苦保留下來的老命送掉了。

在逃亡的途中，我就一直生病，我的肚子一直脹著，脹到胸口，肚皮上呈顯著淡紫色。我知道是吃錯了東西，很多人和我一樣，吃錯了東西的，都在逃亡時死掉了。甚至有人，只輕輕地瀉了幾天肚子，竟也不再起來。在戰地，一個人要死似乎也很容易，但有時，似乎也很困難。我就沒有死。

船慢慢地貼緊岸壁，人潮跟著湧來湧去，有的已發現了對方，提高著嗓子，在拼命的嘶叫，在人堆裡亂擠，好像在想盡辦法，使時間和空間的距離，一下子縮短下來。

我仍然沒有什麼感動，我覺得就是回來也不免一死。有人說死也要死在家裡，我卻沒有這種願望。頂多，我只是帶一個累贅回來。

大家擠在舷口，每個人身上都穿著草綠色的制服，背後用白色的油漆大大的塗上PW兩個大字。

跳板上也是一片擁擠，有人差點就被擠下海裡，但大家還是擠著想早點踏上故鄉的土地。

底下，人頭在不停地鑽動。每個人都仰著臉孔，也許是角度的關係，那些臉好像都有些扭歪了。有些人，也許是矮了些，在人群中搖搖晃晃，拚命想拉長自己的高度，但立刻又給擠了下去。

船上有人下去，立刻就有人呼喊著他的名字，在人堆裡擠了過來，擁簇在一起，又從人群中擠了出去。

我跟在大家後面，慢慢跨下跳板。我是最後一個，所有留在碼頭上的人，一齊把視線投向我。他們的臉孔是焦急的，失望多於希望。每一個人的目光，都像一把銳利的刀，一直刺痛著我。我趕忙抓住了扶手，深深地呼吸了一下。這時，我才又想起了亡友們的話，在嘴裡輕輕叫著他們的名字，告訴他們已到了臺灣，要下船了。

3

回到家裡，父親和母親都感到意外。尤其是母親，當我出征，她就一直到附近的寺廟行香許願，雖然日本人一再禁止，她還是偷偷地去了。她一見我回來，就買肉殺雞，把我當著一個貴重的客人款待。

但這種事，立刻被父親阻止了。他說我的肚子裡積著毒水，必須先把它清出來，不然，亂吃東西會送命。

父親是鎮上很有名望的漢醫。他一看了我的臉色，我的肚子，然後再替我按了脈，就立刻做了這個決定。

他親自替我配藥，但除了那些鹹酸苦澀的煎藥之外，暫時什麼也不讓我吃下肚子。他說必須先讓那些積水排出體外。

我實在無法忍受。為了要醫治由於飢餓致來的病，父親竟採取了飢餓的辦法。在那山間的十幾個月，我真正認識了飢餓，覺得飢餓比什麼都可怕，甚至在疾病和死亡之上。只要想到那一段時期，我就不寒而慄。我又懊悔回家了。

在那山間的十幾個月，我們把可以放進口裡的東西都吃下去了。不能吃的東西，也要嘗試一番。有些人，就在這種嘗試中斷送了生命。然而，我們必須繼續嘗試，因此就有許多人繼續倒了下去。

父親是漢醫，我對草藥多少也有點常識。他曾告訴過我，把草根折斷一看，那些乳汁的顏色如果迅速變濃，那種植物大概就有毒性，不能吃。我們曾經在菲律賓的山間挖出了類似樹芋的植物，把它折斷一看，那流出來的乳汁迅速地變成黑褐色，有人用舌頭舔了一下，立刻把它吐了出來。我們不吃它，並不是因為它有毒，倒是因為放不進口裡。有人還怪它，長得蠻像樹芋。

我雖然很小心，但這種場合是小心不得的。你還在猶豫之間，人家已早你一步，把東西放進口裡，還沒咬嚼，就睜大著眼睛在尋找別的東西。

由於經驗，我們大概有了一個原則。鳥可以吃的東西，人大概也可以吃，兔鼠可以吃的，大概也一樣。但這時候，已不容易看到兔鼠的蹤跡了。我們以為生物可以吃的東西人都可以吃，這又一次犯了嚴重的錯。有許多蟲類吃的東西，人就不能吃。每次，在嘗試新的東西，總不免有人倒了下去，而且倒下去的，又常常不只是一個。

最後，我們也吃了蟲類。蝗蟲、蚯蚓固然都吃過了，甚至有人還吃了蜈蚣，他們把蜈蚣放在火裡烤，看那光亮的皮面漸漸失卻了光澤，那身子慢慢的捲曲，終於把牠燒焦了。有人拿了牠，隨便勺了一點泉水，和水吃了下去。旁邊的人還用羨慕的眼色看他，不知是羨慕他有勇氣，還是羨慕他有口福。

但也不到一兩分鐘，剛才那個人突然慘叫起來，蹲下去，最後爬在地上打滾。他的臉迅速地腫脹起來，把眼睛擠成一條縫。以後的事，在這沒有上帝的地區，也只有上帝能做主了。

在戰地，飢餓常要比槍彈可怕得多。而現在，父親卻要強迫我重溫那可怕的飢餓的滋味。每次，我看他們在吃飯，不要說是魚肉，只看那碾得白淨的米飯，就夠我肚子翻騰一陣。看我站近了桌邊，父親就一直瞪著我，好像在防範著盜賊。每碰到這種情形，我就不禁要反覆自問，我到底為什麼要回來。

母親看了過意不去，有時還想偷拿點東西給我，父親好像已預料到，一看母親拿了東西就把它搶了過去。

「妳不必再上寺廟了！」

有一次，他竟把東西打翻，我看東西翻倒在地上，迅速爬下去，但父親比我更快，一腳立即踢了過來。

「你想死，那你為什麼回來？」

「我並不想回來。」我真想說，但沒有說出來。我並不是害怕，老實說，我已連說話的氣力都沒有了。

為了這件事，我還時常看到母親在背後哭著，我實在也痛恨父親，但一直到後來，我才知道，父親也曾經瞞了我們，在背後偷偷地哭著。

4

我的病也漸漸復元了，肚脹漸漸消匿。本來，我是恨透了父親，但病一癒，我不但不再恨他，反而要感激他了。病一好，胃口也好了，無論吃什麼東西，都覺得格外可口。但父親只准許我吃些稀稀淡淡的東西，他仍然是那一套慢慢來的作風，但最難受的時刻早已過去，我慶幸自己能夠回來。

在這期間，有許多戰友的家屬或親戚曾經來訪問我，想打聽他們的下落。

另一方面，母親也急著替我物色一個女孩子。對於成家立業，在她的心目中是最重要的事，她在祈望，能早一天抱到孫子。

其實，從海外回來的人，在事業上，總是遲人一步了。父親是漢醫，他本來也希望我能繼承他的衣缽，但我對這並沒有多大的興趣，也沒有那種學問。

我最大的希望是能當一個薪水階級，但在這方面，我也沒有很好的機會，所以我就利用父親的一點積蓄，在鎮上開了一家雜貨店。

想不到經營雜貨店倒很順利，生意一天比一天好，父母親也都很高興。

這時候，提親的人當然更多了，但我還是把它一再拖延下去，母親問我為什麼，我也不知道為什麼。

在戰地，我曾認識了陳吉祥。他就住在鄰近的一個鄉鎮。那裡離開我們鎮上，走路也只不過是二三十分的路程。在戰地，我們把鄉域擴大了，兩人也算是同鄉。我們是一起出發的，而又分發到同一個單位。一離開了故鄉，每個人都更接近了，他的性情又和我很合得來。我們時常在一起工作、談話和寫信。他寫得很勤，雖然他寫得並不很好。

他告訴我，他已結婚了。他的年紀和我一樣，但鄉下通常是比較早婚的。我說他鄉下人，其實他們並不耕田，在市集上開著一家布店，家庭也算小康以上。他告訴我，她叫美珠，本來是個養女，在出征之前和他送做堆了。開始他不願意，怕萬一出了事不免要辜負她，但她卻說萬一有了事，也不致斷絕香火。

他寫信寫得很勤，而美珠也還能應付他。他曾經拿她的信給我看，說那些信都是她自己寫的。在我看來，無論是字、是文章，她寫的都比他好。我很羨慕他有這樣一個女人。

有一天，他又接到她的信，說她生了一個女兒，特地寫信來告訴他，並且要他起個名字。他就拿了信來和我商量。我說女兒是他的，名字應該由他自己起，但他說如果在家裡，他當然自己起，現在是在戰地，要互助合作，兩個人一定比一個人周到得多。

這以後，他差不多每一封信都給我看過，就是他們夫妻間才說的話，也不例外。

「你為什麼要這樣做?」

「說不定我們要有個不能回去。但兩個人都不能回去的機會，就要少了。」他笑著說。這時，美軍還沒登陸，我們還沒有嘗到苦頭。

「說不定我先走了，家裡的人還需要你替我照料，我知道她是個好女人。」雖然，他一再的表示著這種意思，但他卻從不提到「死」這個字。在戰地，大家好像對死比較敏感，但在嘴裡卻蓄意避開它。

他叫她寄照片來，而且要她寄兩張。她真的寄來了，是和孩子一起照的。她抱著孩子，微笑著，但在眉宇間，我仍然可以見到一點憂鬱。他交給我一張，這是我第一次看她，而我見了她本人，卻是在回臺灣以後。

5

我第一次見她，是在回家之後一個禮拜左右。她本人要比照片好看的多。那時，我的病還沒痊癒。因為在回來之前，我連家人都沒有告訴過，當然她也不至立刻知道。我不願意讓她看到那副狼狽的樣子，所以打算暫時不見她，但她還是堅持著。沒有辦法，母親只好帶她進來。

我還記得當時見她的情形。她也沒有擦粉，也沒有抹口紅，穿得很樸素，和相片比起來，似乎有點憔悴，但她的皮膚光滑而白皙，一點也不像住在鄉下。

「吉祥時常提起你，你知道他怎麼了？」她的目光炯炯逼人，使我不敢正視她。

「不，我不知道……」

「你們不是一直在一起嗎？」她說話緩慢，但每個字卻都說得清楚有力。我想避開她的話鋒，卻不能夠。

「不，美軍一登陸，把大家衝散了，以後就一直沒有看見過他。」

「那你最後看到他，是什麼時候？」

「最後，這……」

「請你告訴我。」

「美軍一登陸，大家就只顧向山地逃命，誰也不管誰……」

「他常常說，你們很好，總是在一起……他好幾次都這樣說。說就是死活也要在一起的。」

「我，我們的確這樣想過，而且也這樣說過，但戰爭一逼近，每個人只管逃命，說實在話……」

「聽說他已死了。」

「不，不，沒有這回事……是誰說的，沒有，絕對沒有這回事！」這時候，我只有否定的份，我覺得必須用全副的精神來否定它，也恐怕不能獲得她的信賴。

「你真的不知道？」

「真的，真的。」

「那他還是活著嗎？」

「嗯，那很可能。」

「你相信嗎？」

「我，我相信，我相信。」

「為什麼？」

「沒有死，就很可能活著。」

「你相信死比活的可能性還大？」

「……」這次我沒有回答她，我不知道說謊要說到什麼時候。對於其他的人，我都不敢肯定的講，何況我已親眼看到陳吉祥的死。在講話之間，她一直逼視我，而我卻一直想避開她的視線，只是一直希望這個談話會快點結束。我已說出了不少謊話，而我又怎能欺騙她到底呢。

她一走，我才算鬆了一口氣。她很失望，也許她的心裡還存著一些希望吧。一定是這樣的，誰不這樣呢？在自己沒有親眼看到之前，誰願意相信那最壞的事。沒有回來的人還很多，而且我們被俘的人，也不都集在一起。

她是走了，打聽不到消息當然使她失望，如果有一天，她打聽到真正的消息，她會怎樣？我能告訴她嗎？我應該告訴她嗎？我相信知道這件事的人並不多。

自她走了之後，她的影子就一直深深地留在我的腦裡。她那顯得有點蒼白的臉孔，走起路來筆挺的姿勢，住在鄉下而一點也看不出鄉下人的氣味，在白天，在夜晚一直困擾著我。如果我把真相告訴她，她會怎樣？我又想起陳吉祥在呂宋島上告訴過我，萬一，有一天他不回來了，還要我照料他的家庭。

6

我一直在困惑，不知道應該不應該告訴她。

自從她走了以後，她的影子一直在我腦際盤旋。我想起從前她寫到戰地的信，我已忘了許多，但有許多我還記得很清楚。那些信，陳吉祥總是和我一起看，兩個人並肩坐在草地上，或者坐在椰子樹下。

我喜歡靜靜地躺在床上回憶著，想正正確確的回憶著那些字句。那些字句，現在想起來好像是為我而寫的，我也回憶起許多只能對自己的丈夫說的話。以前，我沒有見過她，但現在已看過她，又聽了她的聲音之後，就更覺得那些話好像不是寫在紙上，而是由她的口裡親自說出來的，好像是和我面對著面說的。我感到有些耳熱。

陳吉祥現在是死了，既然是死了，就不能復生，就永遠不能回來了。我可以告訴她，也可以不告訴她。如果我不告訴她，她將會永遠的等著他，抱著一個永遠沒有希望的希望。如果我告訴她，她會很痛苦，但那痛苦就會慢慢地過去的。也許，我應該告訴她。我又看到那冷峻的目光。

這時候，我的病已痊癒，母親就帶著竹籃子到各處寺廟還願，並且祈求神明保佑我事業順利，能娶一門賢慧的新娘子。目前，這可能是她最關切，也最感到焦慮的問題。

我卻不這樣想，自從見了美珠以後，就是有人提親，我也一直不問不聞，這使母親大大的著急了。也許我不應該，但我仍然願意靜靜地想著她，回味著那些只能對自己的男人所說的言語。

在這以前，我並不認識女人，我也沒有聽過女人的言語。在這以後，我也不打算到別的地方尋求。我知道那些話，原本不是對我說的，但自吉祥死後，這些話，也只有我知道了。我靜靜地回憶，那些話就像泉水，一直在我的腦裡湧現，越來越多，終於充塞了我的大腦，為我所獨有了。

我把那張照片掏了出來。那薄薄的嘴唇，永遠掛著淒冷的笑。那個笑，很顯然是裝出來的。在戰地，我只覺得它冷淡，但這時候，卻變得無限的淒涼。也許，這照片已折縐了，而且已有點霉黃。但我不相信這樣。她的手裡抱著剛出生不久的嬰孩，這個嬰孩，還是我們一起起了名字。說得正確一點，這完全是我的主意。那天，她並沒有把孩子帶來，孩子大概已三歲了吧。我不知如何竟能把它保存下來，因為回到家裡，我才發現，連母親從廟裡乞來給我的護符，也不知已丟到那裡去了。

店的生意也算相當興隆。雖然我慢人家一步出發，但由於父親在鎮上有點名望，我也一直堅持信誠的原則，使得人家更願意和我們交易。因為生意的關係，我日夜要接觸許多女人，這只使我更加相信除了美珠，不會再有人對我說出那種話了。

夜闌人靜，獨自躺在床上，睜開眼睛望著天花板，或關閉眼睛冥想，開始的確是一種享受，但慢慢的卻就變成了一種負擔。從享受變成負擔，這的確是一種不幸的轉變，我開始感到焦慮、不安和苦惱。

乾脆對她說了吧，開始她也許會受不了的，而後她會慢慢把它淡忘，也許還會有一種決心，有一種生活的抉擇。在這種場合，我是不應該有什麼希望，但一想起亡友的話，至少，我也可以給她一點安慰。

如果她受不了呢？每次，我看到她那冷峻的目光，就感到她好像已窺見了我的內心。我要說實話，但我必須隱藏更多實話。正因為這樣，我怕見了她，但我還是相信她會再來的。也許，在暗中，我還這樣希望著。

我的預感並沒有錯，她果真的再來見我。她一見了我就微笑一下，我看她這微笑，心裡也寬鬆了許多。也許我可以說實話。但我的心裡卻仍在跳盪不停。我看她，但她那微笑立刻收斂了下來，又露出那股寒光，使我不禁打了冷噤。

「我曾經問了許多人，都說最後看到他，是和你在一起。如果他是死了，請你實在的告訴我。」她一坐下來，就不停地說出了這些話，好像在背誦事先準備好的句子，然後深深的呼了一口氣。

「我，我真的不知道。」

「你知道的，至少你可以告訴我，最後在什麼地方分手。」她的口氣也算緩和下來了，但卻堅定得多。她的態度也算恢復了平靜，只是她那眼睛一直在盯著我，使我不敢抬頭正眼看她。

「他，沒有希望了吧……」

「……」

「請你告訴我！」她把身子趨前，我可以聞到她的鼻息。

「你如果不願意講，你可以點頭。」

我好像在聽她的指揮，把頭輕輕的點了一下。我真沒想到這麼輕易地打了敗仗。

「你點頭了，他，他真的死了！」她突然抓住了我的手。「那是真的了！」

我又機械的點了點頭。我想安慰她，但我不知道怎樣做，只把她的手捏住。她的手是冰冷的。一滴淚水從她的眼角滾落下來，繼著再一滴、一滴、滾落不停。她把嘴唇抿緊，好像怕哭出聲音。

讓她哭吧，我真希望讓她慟哭一陣。但她並沒有，一直咬著嘴唇，努力不哭出聲音來。我望著她，也許由於蓄滿淚水的關係，她那青冷的眼光，多少有點緩和下來。就只有在這時候，我才敢眼睛對著眼睛看她。

突然，她把手縮回去，迅速地擦了一下眼眶和臉頰，抬起眼睛看我，又露出原來那股凜烈的青光一直盯著我。

「不會錯吧？」她的聲音有點沙啞，但仍說得非常鎮定，好像這件事和她根本沒有關係一般。

我只好嗯了一聲。

「是你看到的，還是聽人家說的？」

「……」

「請告訴我。」她把眼睛眨了一下，她的睫毛很長。

「是我看到的。」今天，我總是打敗仗。

「你親眼看到的嗎？」

「嗯，」我覺得完全不能反抗了。

「他怎麼死的？」

「……」

「請你告訴我，他是怎麼死的。」我仍然沒有辦法回答她。

「你不會不知道吧，你既然看到了，我要知道他怎麼死去的，雖然我沒有守在他的身邊。但你是看到了，就算是為了我，代替了我，請你告訴了我吧。」她說話很冷靜，她的聲音微弱，但卻每一個字都說得很清楚，我很懊悔對她承認親自看到。但一碰到她那冷凛的目光，我好像又無法說謊了。

「我不能說。」

「為什麼，有什麼不能說？」

「我真的不能說。」

「為什麼，為什麼！」她突然叫了起來，同時把身子湊前，又伸手握住我。我吃了一驚，抬頭看她，在那一直是青冷的眼光中，我看到了一點紅絲。

「我求你，我求你，我真的求你……」

「……」

「為什麼一定不告訴我？」

「是為了妳。」

「既然為了我，就告訴我。我求你。」

「我怕妳受不了。」本來，我並不想這樣說，但我卻這樣說。

「你說吧，你說。」她的手緊緊的握著我的手，她的手是汗濕的。

「我什麼都不怕，你說。」

「他是給人家殺死的。」我覺得沒有辦法。她沉靜了好一會。本來，我覺得她會永遠靜默下來，但她靜默得太久，反而使我感到不安。

「是真的。」打破靜默的，反而是我。

「是真的？」她在嘴裡喃喃反覆了一下，突然又大叫起來。

「人家怎麼殺他的？」

「人家用槍打他……」

「說，說！我要知道更詳細。我要像自己看到的一樣。」

「我實在不能說了。」

「說，你只要說，說下去！」這時，我已可以看到她的眼睛佈滿紅絲，她的呼吸很急促，我甚至可以聞到她那暖熱的氣息。

「那時，我們已在山中逃亡了十幾個月。……」

「說，說下去，一直說下去！」

「日本兵告訴我們，外頭已給美軍包圍了，不能出去，出去只有死路一條。我們只得往山裡跑。」我停頓了一下。

「說，快說，繼續說！」

「我們每個人只帶著一點乾糧，只能吃幾天。此外，我們也帶一點雜糧，但也幫助不了多少。

「攜帶的糧食，很快就完了，我們只好就地取材。開始，我們吃動物，河裡的魚，和山中的野獸。我們吃過兔子、老鼠、山豬、鱷魚、也吃過大蜥蜴和毒蛇。凡是我們看到的動物，我們就捉，就打。看不到的時候，就尋找。我們放火燒草叢，把那些大蜥蜴整批的趕了出來，大家待在四周，每個人手裡拿著棍子，一看就打。開始，我們都以為蜥蜴和蛇同類有毒，但肚子太餓，也就吃了，才知道蜥蜴好吃。但不久，蜥蜴也吃盡了，有人就吃蛇，甚至有人吃了蜈蚣，把它用火燒烤好，當然立刻死了。

「動物差不多吃盡了，我們就開始吃植物。其實，我們在不容易找到動物的時候，就自然想到植物了。一開始，我們還選擇，挑那些一折斷就流出白色乳汁的草木，但一到後來，就不再選擇了，只要能下口的東西，就吃，所以也不知道有多少人，誤吃了東西而送了命。

「就在那個時候，開始吃人了。這是怎麼開始的，我也不知道，也許看人倒下去了，有人就割了他的肉。但不管怎樣開始，結果竟有人拿槍打人了。」我停頓了一下，抬頭看看她，她臉色蒼白，眼睛睜得大大的，眼珠只是不動。我把她的手握緊，也許我說得太過份了，正想這樣也好，正可以結束，不料她又促我說下去。

「說下去！」這時我已認不清她的聲音了，說老實話，我甚至也認不清自己的聲音。

「我們還是在逃亡中，聽說美軍已佔住各要道，另一方面又要避免遭遇到菲律賓的游擊隊。日本佔領下，日本人曾做了許多殘虐的事，也怪不得菲律賓人一有機會就想報復。不但這樣，臺灣人又不願和日本人為伍。日本人都是軍人，又有武器，臺灣人大半是軍伕。

「當時，臺灣人的處境非常困難，在逃亡中有許多人因吃錯了東西死掉了，留下來的人，也有活活餓死的。又由於好幾個月以來，大家連一顆食鹽也沒有嘗到，每個人的臉都變成黃色了。

「這中間，吉祥始終陪著我。也許因為我喝了太多的溪水，吃錯了草根，肚子一直膨脹，脹到胸口，只能慢慢走路。吉祥的身體很好，一直陪著我。我告訴他我已沒有希望，促他快走，但他還是不肯把我甩掉。

「在路邊，到處可以看到屍體，有的已發紫，有的更變了黑。有的只剩頭顱在地上打滾，到處撒著人的手掌和腳趾。很顯然，其他有肉的部位，都已給割去吃了。

「那要命的日子終於來了。我們剛走到樹林邊緣，只聽了一聲槍響，他應聲倒了下去。本來，我們兩人是在一起的，我不知道為什麼只打到他。我立刻跌在地上。五六個人從樹林裡跑出來，從那些破爛的衣服已不容易認清他們原來的面目。他們每個人一手拿著刀，一手提著飯盒，也不問那個人是否死了，抓起刀就把腿股肉先行割走，血一直流了出來。

「那時，從別的地方，又來了一簇人，把先來的那群人趕走，幸而在這一群人當中，我有個認識的人，不然，我也許早已完了。我想替他找些什麼回來，但什麼也不能找到。

「他們把剩下的肉割下，裝在飯盒裡，到溪邊，煮了起來。那些人肉在飯盒裡滾開，泛著泡沫。他們也要我吃，但我不敢吃，也許太餓了，我勉強喝了一口湯。說不定它現在已變成了我的一個細胞，也許曾經阻止一個細胞的死亡，但我也算已參加他們的行列了。妳相信我嗎？」

但她已不能回答了。我只看到她張大著眼睛怔怔地望著我，眼球一動也不動。她慢慢的站起來，把我的手拂開，但立刻又倒在我的身上，讓我緊緊把她抱住。

二、二十年

1

現在，離開那些可怕的，也可詛咒的日子，已二十年了。人家說，對於大小不幸，時間就是最良的藥劑。二十年也夠長的了，它足夠使一個嬰孩長大成人，也可使一個成年人衰老病死。就我本身，在這期間內，也大大小小發生過不少事，遭受到不少的變故。

我的事業已相當成功。本來只是小本生意，目前在鎮上已是數一數二的雜貨店了。這可說有一部份是得力於內人的幫助。她並且也替我生了幾個兒子，他們也算懂事，在學業上也相當順利，如果沒有什麼突然的變化，他們也不至於沒有出息吧。這幾件事，也都是值得我自慰的。

父親和母親已先後去世。父親在我回家不到三年的工夫，便患病辭世了。他的死使我蒙受了很大的損失，也使我流了不少眼淚。我覺得奇怪，在戰地，我曾經目睹了那麼多悲慘的景象，都不會怎麼難受，這時居然也不免有些娘兒氣了。我到今天還能有生命，在我看來，完全是父親一個人的力量。有人一回家，只因遽然間多吃了一點東西，就把生命送掉了。有人雖然勉強支撐下來，卻把身體弄壞，到現在還留下長久不癒的病根。

母親多活了十多年，在這時期，她大致是愉快的。自我出了海外，她就一直為我行香許願，我一回來，她更以為是老天爺保佑，除了到各寺廟一一還願，還下了決心要長期吃齋。她說，這一生她已沒有什麼奢望了。

我看母親吃齋，也跟著她吃起來。這更使母親高興。能使她高興也是應該的。其實，我不吃肉類，倒並不是因為我相信神。在那最困難的時期，我不但沒有想到祂，反而把祂遺忘了。母親替我求來的神符，也在這期間給遺失了。留在我口袋裡的竟是一個沒見過面的女人的照片。

一提到肉，不管是豬肉還是雞肉，我就會不禁想到跟著他們到溪邊煮人肉的事。水一燒開，滿盒直起泡沫，所以每次看到人家在煮肉，我的喉嚨就不舒服，我的胃口就要倒翻出來，一直想吐。

事實上，我也曾經嘔吐過。我曾經在菲律賓的河邊，在回臺灣的船上，還有在家裡，不止一次，嘔吐了一大灘黃水。

那些血腥的味道使我想吐，嘔吐也使我想到那些腥味。我好像努力在忘卻它，二十年來，我一直做這種努力。我不知道什麼時候才能把它忘掉，但我會努力下去的。

我的婚姻也算圓滿，內人可說很懂得體貼，我是整個沁浸在幸福之中。說也奇怪，在結婚之前，我們是完全陌生的，我們卻也能夠幸福。這也是得助於內人的。自從見了美珠之後，我的身心好像已容納不下別的女人，但母親卻一直為這件事操心。每次她看我對這問題漠不關心，就要傷心地流下淚水。我怕她哭泣，每看到她偷偷地流淚，就想到剛回家的那一陣子，不知她已為我流了多少淚水。

但，我也想起陳吉祥對我說過的話。到現在，我還不能明白他當時說那些話的心情。而現在，我也沒有明白它的必要了。我只有一個希望，希望美珠能再嫁，並且嫁給我，也能不辜負亡友的一番囑託。

我一直不知道她的心意。她人很聰明，寫得一手好字，也能通達情理。她的外表看來也是挺秀氣的。從各方面看，可說一點缺陷也沒有，只怕我配不上她。而且，陳吉祥真是為了我而死的，就是他沒有託付我，我實在也有義務照料她。問題就是在我不知道她的意向。

那次，我對她敘述那件可怕的事情，多少也含有刺探她的意味，只是我把事情處理得太唐突了。當時，一方面固然是由於她一再逼我，而另一方面，我也未嘗沒有失措。我想，這是遲早要告訴她的，不如早點告訴她。現在回想起來，自己也實在太性急，太殘酷了。

自從這件事發生過後，我再也沒有向誰提起過。父親母親可能知道一二，但並不詳細。至於內人，我一直沒有告訴過她。她似乎不是那種女人，喜歡問東問西，喜歡揣測丈夫的祕密和過去。

過去這一段的回憶，頂多只能使我痛苦。但我一點也不想迴避它，更沒有想到釋脫內心的歉疚。我知道提起這段舊事，頂多也只會增加別人的痛苦。而這正是我想避免的事。

2

我接了通知，說美珠已在病院裡去世。起初，這對我不免有點突然，但一想回來，我實在也沒有料到她會活了那麼久。

他們要我接她回來。當初是我送她去的，再由我接她回來，也是自然不過的事。我送她到病院時，並沒有料到她會久住在那裡，更沒有料到那裡就是她一生的終站。開始，我帶她去，又帶她回來，看看沒有起色，才聽了醫生的話，讓她久住在那裡，一住住了十多年之久。

她的病最大的原因還是由於我給她的打擊。我完全沒有預料到自己曾親自體驗到那許多慘不忍睹的事實，而且安然地回來了，那裡會料到聽我一番敘述，她就居然病倒，而且一病不起。

到現在，我仍然無法解釋，一個人的精神力怎會這樣脆弱。我曾經聽陳吉祥說過，她是一個養女，但這顯然也不足以解釋她精神崩潰的原因。

我一再提到這，並不是想逃避責任。當時我想這件事遲早總要讓她知道，能夠早點告訴她，也能夠早點安慰她。也許這是一個自圓其說的說法，但我確實希望在這方面能盡點力，能早點替她做點事。

現在回想起來，我也太沉不住氣了。她一再促我逼我，可能也是原因之一，但我還是不能一下子告訴她。其實，不願把這事永藏在心裡的該是我，而不是她。錯就錯在這裡吧。真沒有想到這就是我報答亡友的方式。

當然，自從她一病倒，我曾經盡了最大的能力照料她，還四下替她打聽醫師。但這一切終也變成了泡影。

她的婆婆曾經告訴我，說自我送她回去以後，她就開始有了異樣。那時我還時常去探視她。每次她看到我就想逃避我。她的眼睛雖然仍有那股異樣的光輝，但這次，卻好像充滿著畏怯。而這畏怯的陰影卻一次比一次的加濃。有一次，她一看了我竟慘叫起來。

老人家立刻趕了過來，扶著她。只是看她把手一直揮著，好像示意要我出來。我退了幾步，只見老人家很吃力地把她扶好，讓她在靠椅上躺著，並且還親自倒了杯開水給她。我只看到她臉色慘白，嘴唇轉紫，不停地戰慄著。我想靠過去，但老人家把手一揮，示意要我在外邊等著。

我本來是要去安慰她，但她一看到我竟然這樣，不但不能安慰她，反而使她難受。從她的反應看來，她好像怕我，說不定還把我當做殺人的兇手，吃人的野獸。

不久，老人家出來，叫我坐下。

「自那次回來，她好像就一直心神不定。你到底告訴了她什麼？」

「沒有……」

「吉祥沒有希望了？」聽了她的話，我才知道美珠並沒有把我的話轉告老人家。

「不，我，我什麼都沒有講。」

「你也不必瞞我。其實，我問了很多人，都說沒有看到他。」

「可是……」我想說話，但一時卻也說不出來。美珠尚且不敢唐突提起，我怎能再犯一次大錯。

「有人說，他最後看到吉祥時，是和你在一起。」

「不久，我們又分手了。」

「其實你也不必瞞我。美珠也想瞞我，但自那一次，我就知道他沒有希望了。我……」她說，一滴淚水從那鬆弛的眼眶慢慢擠了出來。

「她什麼也沒講，我也沒有問她。我實在也不忍問她。他們這一對，我是知道的。她是瞞不了我的。」

我慢慢站了起來。

「你們不講也好，反正可以給我留點希望。我明明知道這是騙人的，也是騙自己的。」

我沒有辦法忍受下去，趕忙把身子轉開。

「她也許太傷心了，但她會慢慢好過來的。」但她並沒有好過來。這一次，她和我一樣，都預料錯了。

3

走進醫院，我又看了那個熟悉的阿婆。我先在窗口辦好了手續，由阿婆帶路到了停屍間。整個停屍間充滿著藥水的氣味。阿婆在這裡服伺她已十多年了。我在頭腦裡一直描繪著她。她的面容，她的身材，還有她的聲音不停地在我腦際間閃爍。

我好像不能相信，一個我所熟悉的人死了。

阿婆走過去，把白色的罩布輕輕揭開。我看了一張臉，好像是用白蠟捏成的玩具。一切和我自己所預料到的完全不同。她的頭髮全部被剃光了，聽說是為了麻醉她的神經。這一張臉，完全不會使我聯想到深刻在我記憶裡的那張臉孔。

我走過去，把手輕擱在她額頭，是冰涼的。陳吉祥曾經交代我照顧她，現在我能做到的也只有這了。這也算是照顧吧。我把白布整個掀開來，想看看我曾經想念過的人。她的身體完全像個小孩，全身只有三尺長吧。我不知道人一死為什麼還會縮小。我也不知道，是不是因為她怕我見了她而又認出了她？

阿婆幫我送她回去。途中，她告訴我，在整個病院裡，美珠可說是最好伺候的病人。她說著，也流了些眼淚，這眼淚就算是容易伺候的代價嗎？

本來，我也想到把她直接送到火葬場，但老人家堅持要再看她一眼。

她看了美珠就放聲哭泣起來，說本來是希望年輕人送終，卻沒有料到現在是秩序顛倒了。她取出二十多年前她們在賣布時留下來最好的布料，叫人替她做了壽衣，說那點東西本來就是留下來要給她的，想不到她只穿這一次。棺材也買中等以上的。老人家說，既不能親自埋葬自己的兒子，至少也要把媳婦的葬禮辦得體面一點。她一再地說，這個媳婦跟她這許多年，什麼好處也沒有得到。

我看人家把美珠放進棺材。她的身體太小了，也顯得棺材太大了。人家替她塞進好多紙錢，我也一直想著能偷偷地放點什麼東西進去。陳吉祥的死我是看到了，但我也沒有替他帶些什麼回來。我覺得，如果能在這時候放點什麼進去，一定最有意義的了，但我卻不能夠。這一件事一定會使我難受很久的。

出殯的日子，是出奇地風和日朗。他們把棺材搬到路邊，是一條小巷。有個過路的人吧，不經意說了一句話：「不知是那家人家，能在這種天氣出殯，也算有福氣的了。」鄰近的人，一齊把目光投向他，狠狠地瞪了他一眼，好像都在怪他多言。

人家扶著美珠的女兒出來。我已好久沒見到她了，她叫做玉雲吧。這個名字還是我替她起的呢。我突然又憶起那遙遠的往昔，已是二十多年以前的往事。我和陳吉祥在一起，並肩坐在呂宋島北部的山丘上，拆閱美珠從遙遠的北方寄到的信。她告訴他生了一個女兒，要他起一個名字。他和我商量。就在那時候，我們看到北方的天空，極目所能看到的，只有一朵白雲，低徊在遙遠的地平線上。這一朵白雲，無端勾引起我們對故鄉的遐想。北方就是我們的故鄉，那朵白雲不就象徵一個初生的女嬰嗎？我們想起了三個名字，「雲子」、「瑞雲」和「玉雲」。最後，我們決定了「玉雲」兩個字。

吉祥終於沒有親眼看到玉雲，算來她也該二十二三歲了吧，已長得那麼高大。

我已好久沒見過她。每次我來，想見她，老人家總是說她不在，想不到這一下子她已長成大人了，吉祥有知，也該可以放心了。

兩個女人扶她出來，她一定太傷心了。每個人都會這樣的，一個母親在那種地方過了一二十年，有一天回來了，卻是死人一個。每個人都會傷心，都會悲哀的。看她走路都走不穩。我想看她，卻因為她從頭上罩著尖頂的孝服，看不清她的臉龐。

大家一看玉雲出來，都交頭接耳地談起來，顯得四周的氣氛有點異樣。道士們在主持著祭式，一下子在棺材四周繞圈子，一下子又在靈前低唸不停。人家扶著玉雲跟著他們，這時我才注意到玉雲並沒有哭著。人家扶她跪拜、叩頭的時候，起初玉雲還能跟著，但慢慢的也跟不上了。也許太累了吧，我只看她不容易跪下去，一跪下去之後，又不容易站起來。

突然間，我看到玉雲倏然站了起來，兩手用力把兩邊扶著的人推開，把頭罩拉下，揉成一堆摔在地上，獨自走到棺材邊，兩手扶著棺材，突然哈哈大笑起來。那聲音很尖銳，好像在笑，也好像在哭，老實說我也分辨不出來，我只覺得有陣冷氣侵襲著我全身。

這一連串的事情，實際只發生在極短的時間。我只知道事情嚴重，一下子也不明白它的真相。那時候，被她推開的兩個女人，又迅速地扶住她，但她還想掙脫出來。她在用力搖著頭，頭髮也漸漸鬆散下來。我看著她的眼睛充滿著紅絲，好像在燃燒著。她們兩個人，一個人一邊撐住她，連扶帶拉，連忙把她擁了進去。

我看到在旁邊觀看的人，有很多在搖頭歎息，其中更有不少人，紅了眼眶，暗自流著眼淚。

人家帶了玉雲進去，卻換著老人家哭著出來。她說她的媳婦一向孝順她，竟沒有一個親人送她，心裡怎能忍住。人家一再告訴她這不合禮式，那裡有長輩送小輩之理。但她還是哭著，堅持著要送她上山。

人家在旁邊勸她，說他們會好好的照料她，請她儘管放心。但她還是哭泣不停，起初哭著媳婦，繼而哭她的心肝兒子，最後又哭她的孫女兒，說都是自己薄德薄福害了他們。

她在哭泣之中，儀式仍機械地進行。人家把棺材綑紮好，慢慢抬動起來。這時，老人家又放聲哭了，哭得比以前更加痛切，拉著繩子，一定要跟她上山。人家連忙過來，把她扶住，百般勸阻她。

出殯的行列，在鑼鼓陣護送下，緩緩地出了巷口，這時人家也總算勸住了她。

4

葬禮已過幾天，我到陳家把大小事情打點清楚，就和老人家商量玉雲的事。人一走，這房子就更顯得寬敞和冷落。好好的一個家，現在只剩下一個老婦人和一個瘋女。誰會想到？

二十多年前，在菲律賓山中開槍的那個人，現在如果還活著，不知是否還記得那件事，如果他還記得，說不定在茶餘飯後，還會得意地誇耀著他的槍法，好像他所獵獲的，只是一隻奇禽異獸。

就我自己說，我還時常憶起美珠，如果不是情形特殊，誰會老是記憶著悲慘和不幸，徒添自己的苦惱呢。

我也會聯想到玉雲，但兩種記憶的性質完全不同。在我的印象，玉雲永遠是一個聰明活潑的女孩子，誰會相信才多久不見，她卻完全變了樣子。每次，我到陳家探視，老人家總是推說玉雲不在，我這才明白她竟一直瞞過了我。

我還是不能相信人的精神會那麼脆弱，美珠曾受了很大的打擊，但玉雲會有什麼刺激？有人說這種病會遺傳，這會是真的嗎？

老人家告訴我，這兩三年來一直有人在提親，有幾次就要成功了，人家忽然打聽到美珠的病，就一個個退卻下去。以後，玉雲曾一再表示不願結婚，要和老人家廝守一起，但那些媒婆還是緊追不放，同時美珠的病況也日漸惡化，給她很大的打擊。

「現在打算怎麼辦哩？」

「我也不知道。」

「依我的看法，最好，還是把她送到病院。」

「不，不。」

「為什麼？」

「還有人在提親。」

「不能再瞞人了。」

「送到病院就會好嗎？」

「我也沒有把握，恐怕連醫生都沒有把握吧。」

「說不定像她母親那樣，我，我就不知她什麼時候回來……說真的，她一個人躲在房間裡，也不會大吵大鬧的，真的，她留在家裡，我可以照料她，她，她可以陪著我呀。」

「我想，還是先把她送到病院，妳暫時到我那邊住一下，她好了，要回來隨時都可以回來。」

「嗯，」她點點頭，眼睛已噙滿了眼淚。「現在就走嗎？要我一起去嗎？」

「妳還是進去休息一下，心裡只要這樣想，說玉雲就要好著回來了。」

老人家進去，我把玉雲帶出來。她的確很文靜。如果不是在美珠出葬那天親自看到那種情形，誰會相信她的病有那麼嚴重。我仔細看她一眼，她的確和她母親很像。我還清楚記得第一次看到美珠的容貌。玉雲要比她高些，瘦些，也顯得更加清秀。

我看她，她也木然看我，還露出怯生生的微笑。除了那眼神和嘴角不自然的牽動之外，我實在也看不出她和常人有什麼不同的地方。

我輕輕拉起她的手，她也沒有拒絕，好像要永遠遵順我。她是不是還認識我呢？

我叫了計程車來，有些好奇的鄰居也出來看她。現在已沒有必要瞞住任何人了。有人過來和我打招呼，幫助打開車門。我聽到了許多歎息的聲音。

我們到了同一個醫院，在同一個地方登記，同樣的醫生，同樣的護士，還有那阿婆，甚至病房也是同一個。難道這都是巧合嗎？

阿婆過來領了我們，還把玉雲打量一下。

「她是玉雲，是美珠的女兒。」

「我知道，她曾來探過病的，看樣子，她會像她母親，也是蠻好伺候的吧。」

鯉魚

高永霖害了一場病，在床上足足躺了兩個禮拜，聽取醫生的勸告，再回到大河鎮的老家靜養了一個多月，現在已完全恢復病前的狀態了。

離開公司將近兩個月，他想還要回去那個地方，說也奇怪，心裡倒有點不安起來。

醫生說過，這種病足以置人死地。死，他從來就沒有認真想過。在害病之前，他的身體真是強壯如牛，是大家歎慕的對象。但這一場病以後，他卻變得對自己沒有把握起來了。

他在大河鎮養病期間，家人也常來看他，公司老闆也親自老遠跑來探問他。

他知道老闆器重他。他曾經把一生最重要的時間貢獻出來給公司，公司也沒有辜負他，他的能幹和努力，最得老闆賞識，他的地位步步高陞起來，目前在公司裡他是僅次於老闆了。

在這得意的期間中，他一心只有公司，完全無暇回省自己。這一場病，正好給了他一個心理上的間罅，而他第一件深切地察覺到的，是自己已是四十開外的人了。

當然，他還有一段不斷升遷的歷史。除此而外呢？這是他以前從來沒有想過的問題，這一場病，的確使他有了改變了。

大河鎮的老家，目前是大哥在經營，在鎮上最適中的地點開了一家雜貨店，生意也很興隆，因此，大哥大嫂他們真是整天忙得團團轉。

高永霖眼看大哥大嫂終日忙碌，還要抽出時間來照顧他，心裡委實覺得不安。如果不是為了害怕回到他那有光輝成就的公司，他實在想早些離開此地。

另一方面，他的確也喜歡這個有山有水的城鎮。小時候，他不知多少次跟大哥上山下水，到山上打鳥，也下水捕魚。他還清楚記得大哥一手提著電石燈，一手握著網子，在清澈見底的溪水裡照捕魚蝦。而他則提著竹簍跟在大哥背後。他看見那些魚蝦，被強烈的電石火光懾住，靜靜地停留在水中擺動尾巴，大哥小心地用網一罩一撈，把撈上來的魚蝦遞給他。

但這已是很久以前的事了。後來，他離開了大河鎮到都市謀生，並且也已成家立業。其間，雖然他每年也都要回到這裡來一兩次，但由於大哥他們忙碌，自己也是來去匆匆，沒有時間再去重溫這一段往事了。

這一次回家養病，他曾經問起那些事，才知道現在情形已不大一樣。用電石燈照魚，已成為過去了。現在的人，是用電和藥來捕魚的。用電和藥，雖然可以大撈一次，但也往往僅止於一次。大哥歎一口氣說。

由於大哥這麼一說，高永霖突然對往事更加懷念起來。他當然明白懷念往事沒有用處，而他也不是一個生活在回憶裡的人。也許是由於害了這一場病的關係吧。

大哥告訴他，自從水壩築成以後，水庫已蓄滿了水，聽說還養了許多魚，鎮上也有許多人去釣過，成績也多不錯，就建議他到水庫釣一次看看。

吃過了午飯，高永霖由大河鎮搭車到雅平村。汽車在山腹裡蜿蜒爬行了二三十分鐘，窗外突然開朗起來。

以前，他也曾經從這裡經過，但現在擺在眼前的，已完全換了一個樣子，往日面目他已一點也認不出來了。他探頭一看，呈現在眼前的是一泓碧綠，四周圍繞著重重疊疊的山巒。

他一下車，就有一個二十歲左右的少女笑著靠過來問他搭不搭船。開始，他有一點不明白。

「不到對岸釣魚？」

「為什麼？」

「這邊水太深不好釣。」

「好吧。」他說，跟在她的後面。

「你釣大魚？還是釣小魚？」

「妳看我是釣大魚，還是釣小魚？」

「每一個人都可以釣大魚，也可以釣小魚。釣大魚的，有時候整天釣不到一條，釣小魚可就不同了，你可以坐一個下午釣他一兩斤，但都是些兩三寸長的鯽魚、溪哥。」

「大魚呢？」

「有草魚，有鰱魚，也有鯉魚。」

「妳看我是釣大魚好呢，還是釣小魚？」

「看你拿那釣桿，還是釣小魚好。」她笑著說。

「釣小魚也要過去嗎？」

「我知道有個地方，今天沒有人，包你釣他兩三斤。」說著，她指著對岸「你看那邊有一塊深褐色的山壁，那附近有一條小溪流出來，你覺得怎樣？」

「好吧。」

她用力把汽油船發動起來。船劃開碧綠的湖面前進，在尾部還曳長了一條白色的水波。

「今天人很少？」

「今天不是星期天。」她說著，這些日子來，他連星期幾都忘了。

「這一班船，妳只載我一個人？」

「一個人當然也載。我們從來就不拒絕任何一個人，我們相信，任何一個人來了之後還會再來，而且還會帶別人來。」

「這條船都由妳駕駛？」

「不，這是我哥哥的，他在家裡休息，晚上他們還要出去打魚呢。」

「打什麼魚？」

「什麼魚都打，主要的還是鰱魚、草魚和鯉魚。」

「那妳哥哥是捉大魚的了？」他的話還沒有說完，她就格格笑了起來。

「這裡有的是魚，我們並不怕你們釣，看看你那釣桿，能放多遠，能放多深？」

「那妳為什麼問我釣大魚釣小魚？」

「下一次你再來，如果有興趣你會有準備。」她說，把方向盤略為調整一下。

「妳叫什麼名字？」

「玉良。」

「很好聽的名字，妳幾歲了？」

「十九。」她說，面頰顯出一點紅暈。

「妳結婚了？」

「沒有，」她停了一下，「但已訂婚了，今年年底結婚。」

「那可恭喜妳了。」

「謝謝。」她微低著頭，笑著說。

船順著直線前進，漸漸駛近對岸。在遠處以為是弧線的，到了近傍才知道那弧線後面，竟還有許多錯進錯出的岸線。在岸線附近，可以看到許多樹枝拔水而起，有的已乾枯，變成深褐色的枝骨，有的卻仍在吐著嫩葉，和岸上的樹木一樣維持著旺盛的生命。

「到了？」

「到了。」

「妳不是說有小溪？」

「很小，上岸才可以看到。」她笑著說，露出整齊的白牙。

「你搭那一班車回去？」

「最後一班是五點半的吧？」

「五點半。我在四點半左右來接你。」

水邊堆著一堆堆亂石。岸壁的土礫還很鬆，隨時有崩坍的可能。

高永霖沿著水邊，向右一拐，果然有一條細小的澗水從山谷間淙淙流下來。澗底全是岩石，剛才那堆亂石很可能是由這裡沖下來的。

高永霖坐在一塊石頭上，把釣絲結在釣竿的尖尾。澗水是清澄的。

他把釣絲抛到水中，那邊剛好是清澄的澗水和略微混濁的湖水的交溶處，正是魚群覓食的地方。

他看著浮子在水中輕盪著，順水緩緩地流動。突然間，浮子一停，然後往下急頓兩三下。他輕輕把竹竿一抖，釣竿尾端一彈，一條銀白色的溪哥給鉤了上來。

好久，他沒有這種經驗了，魚在線的尖端顫動，離開水面時的閃躍，經由他的手傳到全身。這種經驗是很久以前的，但他也略微感覺得到和那經驗多少有點不同。以前，當魚上鉤，在鉤尖顫動的時候，他每感到心臟的悸盪。但現在，他雖然全身可以感到魚的生命的躍動，他的心臟卻仍平穩地鼓動著。

魚很多，出乎意料的多。有魚，也有蝦，把浮子急拉的是溪哥，把浮子緩慢拖動的是蝦子。當然，正如玉良所說，這裡也有一二十斤的草魚和鰱魚，但那是屬於更深的地方，並不是他的對象。

浮子又急頓了一下，他把釣竿輕拉，釣線一直，釣竿變成了一個大弧，連手腕也感到魚的力量。

高永霖把釣竿穩住，隨著釣線略把手移動一下。他明白這是一條不同的魚，但他也明白，如果一條魚在一拖一拉之間不能把釣線扯斷，他就有辦法不讓跑掉。魚又用力一頓，他把釣線略鬆，然後乘勢一拉，把魚拉到水面，向橫一拖使魚側身。魚一側身，力就鬆了，一看是一條四五兩大的石斑。

他把魚放進竹簏，魚在簏裡亂衝亂撞，把先前釣起來的也攪了一個不安。

他又把釣線對準原來的地點拋出去。他知道溪哥和石斑總是成群成隊，釣了一條，總會再釣到第二條，第三條。

果不出所料，不到兩三秒鐘，浮子又上下盪動二三下，然後使力一沉。他又把釣竿一抖，魚又上鉤了。

他把魚又放進魚簏，簏子裡又是一陣騷動。他隨手又把釣線拋出，但就在那個時候，有一種奇妙的念頭在他腦際閃過。

「我釣那麼多魚做什麼？」

他這樣自問，但卻找不出一個合適的答案來。

以前，他是絕對不會這樣想的吧。釣了一條魚，誰不想釣第二條？升了一級，誰不想再升一級？

哥哥的話又在他的耳際響起。人家用電，用毒藤，甚而用化學藥品把魚大批地殺死，他不但可以聽到大哥的聲音，甚而也可以看到大哥說話時的表情。大哥說話時的表情是頹喪的，也略帶怨忿。

但他仍然不能回答自己剛才的問題。也許是年紀的關係，也許是生病的關係，也許是因為那一場病使他意識到自己的年齡吧。

他把釣線急急拉回，深怕在這一剎那又有一條蠢魚上鉤。

高永霖看看手錶，錶針指著三點半。太陽已略微傾斜，徘徊在山尖附近。

澗水由山與山的夾縫流瀉而下，清澈見底。他定睛望著腳底下的水裡，小魚在水裡游來游去，也可以看到蝦子伸曲著鉗腳在水底爬行。

他把釣鉤垂下，鉛塊一著地，那蝦子機警地向後倒彈，躲進石頭底下，然後又從石縫裡慢慢爬出來，用鉗腳小心地鋏一鋏蚯蚓，略微倒行。

他把釣線一拉，那蝦子又倒彈進去。

他又把釣線垂下，突然釣線在水中搖盪一下。他把線拉起，有反頓的力量，再把釣線拉上來一看，一條不到小指大小的狗甘魚給金色的釣鉤一直鉤到了眼邊。

狗甘魚是最饞嘴的小魚。記得小時候，最初開始釣魚，便是拿一根竹枝，不要釣鉤，只用縫紉用的絲線結一截蚯蚓，坐在石壩邊釣狗甘魚。

他再往水裡注視一眼，在起起落落的石頭上匍匐著許多狗甘魚，因為石頭上蒙上一層泥衣，剛好給那些小魚一種保護色。

他故意把蚯蚓鉤得長長的，讓牠們不碰到釣鉤。當他把釣線慢慢放下，狗甘魚先是伏在石頭上不動，一看蚯蚓落地就群起騷動，一條一條搏向蚯蚓，東拉西扯起來。他把線輕輕拉上，兩三條狗甘魚還是死不放開，也跟著上來，一直到蚯蚓離開水面，才不甘心似的放開嘴，噗通噗通掉在水裡。

他再把釣線垂下輕輕地抖著，逗著。狗甘魚又擺著尾巴急搶上來。這一次，他用力一拉，像以前他在石壩上釣魚時一般，看狗甘魚一起水，就伸手接牠。但這一次，他發現動作不像以前那麼靈活，狗甘魚又給掉進水裡了。

他這樣逗著，也漸漸倦了，就把釣線放開，任牠們去拉來拉去。

高永霖抬起頭一看，太陽已在急陡的山坡上躲進山背了。時間是四點十五分，他急急把釣線捲起，把釣竿收好，站起來伸了一個懶腰。

玉良就要來了吧。但他一點也沒有聽到馬達的聲音。他從兩邊突出的山岬直望出去，山岬中間是一條細小的水路，一直通到寬闊的湖面。湖面是一片平靜。

他有些焦急起來。難道玉良忘了他？她說四點半來，現在至少也可以聽到馬達的聲音，她說，這裡到對岸不要半個鐘頭，但他還是感到不安。

他站直把四周仔細打量一番。山坡急陡，一面生長著菅芒，伸出葉子像一束一束的劍。他看看西邊，有一處泥土剝開的地方，但那裡實在太陡，幾乎成為垂直，而且看樣子土也太鬆。

他又看看錶，秒針迅速地打轉，五分，十分過去了，湖面仍然是一片平靜。也許是地形的關係這裡沒有聽到馬達的聲音吧，但這似乎又不可能。

他的眼前浮起了那個愛笑的姑娘。她會騙他嗎？也許她是真的忘記了。他不但感到焦急，也有點生氣了。

又過了幾分鐘，他聽到一陣槳聲。他偏了頭望過去，在右邊山岬突出的地方，有一隻打槳的小船緩緩出現了。那不是玉良嗎？

是玉良，玉良用力地划著。她的身體前後不停地擺動著，小船直指著他駛過來。

「喂！」他喊了一聲，好像在確定他的眼睛沒有弄錯，也好像怕她突然改心。

「喂，」她應著，「對不起！」

「大船呢？」船已到了岸邊。

「小心，把身子放低。」

「大船呢？」

「哥哥一起來就駕走了。」她已滿身大汗，說話也很急促。

「駕走了？」

「我看今天也沒有什麼客人，回家就到山後幫忙砍竹子，想不到哥哥一起來，就把船駕走了。」

「他到那裡？什麼時候回來？」

「也許到東水那邊，我也不清楚，我也沒有把握什麼時候回來。」

「沒有其他的船？」

「船是有，但都屬於別的航線，在這邊叫也叫不到。」

「那怎麼辦？」

「我盡力替你划過去。」

「幾分鐘可以到？」

「最快最快也要四十五分鐘。」

「現在已五點了，怎樣也趕不上末一班車。」

「對不起。」她把眉頭縐了一下。

「有沒有其他的辦法？」

「有時候有計程車或包車來，但今天又不是星期天，整天就看不到一部車子。」

「我們還是過去看看再說。」

「好的。」

玉良用力划著，雙手一划，她的身子也隨著向後擺動。湖面仍然是一片綠光，船划出了一程，也就划出了山的陰影，太陽又出現了。晚春，落日雖然遲了些，湖上的風卻還很冷。玉良牙齒輕咬著嘴唇，她的手向後一扳，衣服繃緊了，就貼在流汗的肩膀上，兩頰漲成蘋果紅，嘴裡呼出來的氣，在空氣中凝成白色的煙霧。

「休息一下吧。」

「不。」她吐了一口氣，臉上的肌肉也自然鬆弛了一下，綻出了笑容。

「反正來不及了。」

他看她用力划，但對岸的碼頭卻好像總是在原來的地方，一點也沒有靠近過來。

「也許，我可以找一家旅館？」

「找旅館，那倒不如到我家，明天早晨還可以大釣一番。」

「妳家？」

「那就是。」他順著她手指的方向，回頭一看，在木瓜樹的中間，有一間褐色的木屋，屋後的煙囪在稀稀吐出白色的炊煙，在深綠色的背景上襯出一幅寧靜的圖畫。

「不會打擾吧？」

「怎麼會，你願意住下，真是最好不過了。」說著，槳聲又起，她又把船划起來。

「妳不回家？」

「我帶你遊一下湖。」

這時，湖面已微微起風，湖水輕跳著銀光，直拍著船舷。

「妳們一直住在這個地方？」

「可以這麼說，也可以說以前是住在這水底裡。他們造了水壩之後，村子裡有許多人搬走了，我們卻留了下來。」

小船一到山岬，就轉了方向，沿著岸邊緩緩滑行。岸上長著樟樹、相思樹，也長著杉木和其他一些不知名的樹木。

「那是什麼樹？」他指著在一片蒼鬱的顏色之中，間雜著幾棵正在猛吐嫩葉的樹木。

「那是柿子。那裡頭還種下許多櫻花呢！」

「櫻花？」

「是的，再過幾年，你就可以看到櫻花了。」

船從一個山岬駛向一個山岬，山岬有的急，有的緩，沿岸可以看到梯田，也可以看到茶園，一排一排的茶樹一直伸到水中。

「妳們為什麼不走？」在城市裡，他不知看過多少女人，但他總覺得玉良和她們有許多不同。

「當時我也沒有想到這個問題。也許，我們住慣了。開始當然有點不習慣，他們把地測量好，要我們不走的人搬到山上去。我們不但很快習慣了，現在還有些喜歡這裡呢！」

「妳常常看到城市裡的人到這裡來，也不想到外邊看看？」

「想倒是想過，但不常想。我雖然沒有到過大城市，哥哥他們卻是到過的，聽他們說覺得還是這裡好。前些日子，有一對夫婦一起來這裡釣魚，還說以後老了，要到這裡蓋一個小房子住呢。你不這樣想嗎？」

「不，我沒有這麼想過。在這裡住，我想是不可能的，不過，我會常常來，以前，我都沒有想過有這種地方，現在我知道了，我一定會常常來的。」

高永霖真的在湖邊住了一夜，一個他一生很少經驗過的平靜的夜晚，也許太累了，他完全沒有換鋪而睡不著的痛苦。

早晨，他一起床，覺得滿身清爽，這也是他很少經驗過的。也許，自從他生病以後，整天整夜都是在睡睡醒醒的狀態中，早已把這種清爽感覺忘掉了。

早晨的空氣是寒冷的，比晚間更加寒冷。昨天晚上，他曾在院子裡站了一下，四下平靜，只可以聽到湖水輕拍著岸邊的聲音。他覺得奇怪，也許季節太早，連蟲聲都聽不到。

水把一帶山巒隔開成一脈一脈的山岬，有的緩和，有的急銳地伸入水中，互相默默地對峙著。

他把四周搜索一番，除了隔岸碼頭附近有幾盞明滅不定的燈火，放眼一望盡是一片漆黑。

他抬頭望著滿天的星斗，低頭也可以在湖上數到同樣的數目。在城市裡，霓虹燈已使月亮失卻了光輝，這裡的星群卻使山湖生光。

他一睜開眼睛，往窗外一望，他知道星星的影子已消匿，但山湖卻平靜依然。這種平靜，使他感覺到一天就這樣開始了。也許，它開始得更早，在他還完全不知覺的時候。但他一點也沒有趕不上時的悵然。

他披上衣服躍然起床。天還未大亮，就是在平地，這時太陽也一定還在地平線底下吧。但一天已開始了，對他而言，這是新的一個比較完整的日子。

他踩著山路在山坡上徘徊片刻。小徑兩邊的草葉都還濕著，不知道是露水還是霧水。

他從樹縫裡走到水邊，看到一隻小船在水面緩緩划行，船尾曳著一條水紋，這條水紋表示時間的開始和延續。船上有兩個人，一個在搖槳，另一個人把放在水裡的蝦籠一隻一隻拉了上來，打開蓋子，把捉到的蝦子倒進用紗窗網製成的袋子。高永霖以前也放過同樣的蝦籠，裡邊放著用烤焦的米糠和米飯糅成的米團，一排一排挑到溪裡放。他以為在用電抓魚以後，這種蝦籠已被淘汰絕跡了，想不到卻在這裡重又看到。

他們把蝦子倒出之後，又把蓋子蓋上，重新放進水裡。船又沿著湖邊繼續前進。樹林裡突然傳來鳥聲。那聲音大概是白頭翁的吧。同時，他也看到湖上出現兩隻夜鷺，長叫一聲，匆匆飛掠水面。

飯後，玉良問他還釣不釣魚，說有人在早晨三點鐘就雇車出發，為的是要趕上這麼一個早晨。但高永霖說他不釣，他要先回大河鎮他哥哥家，打點自己的東西。他相信他已可以上班了。

她把昨天他釣的魚拿出來，她已一一替牠們剖腹，並且上了些鹽。

「呃，我已忘掉了。妳們留著吧。」

「我們有的是。」說著忽然跑了進去，用手指鉤了一條金黃色的大鯉魚出來。

「這你帶回去吧。」

「妳也釣魚？」

「不，是哥哥他們晚上用綾子綾到的。」

「呃。」

「你看這一條有多重？」

「一斤半。」

「我看也差不多，你就帶回去吧！」

「那怎麼好？」

「沒有關係。他們來釣魚的，碰了手氣差，就到處問著買魚帶回家。」

「可是，我可不像是個釣大魚的人，妳昨天不也這麼說過？」

「這也不算釣大魚釣小魚，反正手裡不空著就是了。昨天，我一直沒有睡好呢。一直生氣自己為什麼那麼糊塗，讓你在這種地方……」

「昨天的事我應該感謝妳，如果不是這樣，我可永遠也不會真正懂得有這麼一個好地方。」

「不管是好地方是壞地方，這一條魚你總得帶回去。」

說著玉良已走到前頭了。

「今天又是小船了？」

「大船哥哥一早就駕走了。」

「沒有關係，我喜歡小船。」

「真的？」

「妳哥哥那麼早到那裡去了？」

「晚間，哥哥他們六個人用綾子，捉了一百多斤的魚，天還未亮就駕著船到水尾交魚去了。」

「他們做了那麼多的事，我卻連馬達的聲音也沒有聽到。」

「這就是鄉下人，就是內山人嘛。」玉良微笑著說。

她說她自己是鄉下人。這一句話使他想到昨天他在心裡所起的疑問。他曾經看到許多女人，他總覺得玉良和她們不同，只是一直說不出不同的道理。城市裡的女人喜歡打扮，這他也知道。她們想盡辦法掩飾自己的缺點。實際上，她們也掩飾了不少自己的優點。因為喜歡掩飾，人和人之間就容易有隔閡，人和人之間的關係，也反而變得尖銳起來。

城市裡的女人可以讓你抱她，但卻不容易接近她。但「鄉下人」卻是相反的。

此時，高永霖覺得他和玉良是很接近的。

「你在想什麼？」

「我在想妳。妳也許不應該到城市裡來。」他並不想這麼說，卻一時脫口說出來。

「那你是說以後也要搬到這裡來，像那天那兩個人？」

「不，我不會搬來，但我會常常來走走。」

「真的？你來一定要來看我。」

「我會來看妳的，我也想帶點東西來給妳，做妳結婚的禮物，不知道妳要些什麼？」

「我也不知道，不過，實在不好意思這樣。」她略微低著頭，笑著說。

「玉良，妳看看這一條鯉魚。」高永霖突然想起來似的，把鯉魚用指頭鉤上來。鯉魚的嘴角長著兩支觸鬚，嘴不停張張合合，背鰭上結著一條繩子。

「妳們捉過最大的鯉魚有多大？」

「七八斤。」

「那牠也可以長大到七八斤？」

「放在家裡可不容易長大。」

「我是說放回這水裡？」

「你要把牠放回去？」

「是的，如果妳不介意。」

「你是說你要放生？你信佛？」

「我不信佛，也不放生。我覺得這鯉魚是屬於這地方的。」

「那你是說勸我們不要捉魚？」

「不是。妳們捉魚和種田一樣，這只是我自己突然間這麼想著。」

「好吧。如果你一定要這樣。」

他掏出小刀，把背鰭上的繩子割斷。

「為什麼？」

「也許牠還會給捉到，我不要人家認出來。」

「他們說，一條魚不會上第二次鉤，而且這裡又不知有多少千多少萬的魚，怎會那麼巧？」

「每一條魚都有給捉到的可能吧，每一條魚都是這多少千多少萬條之間的一條吧，而且這樣子行動不便。妳看這水裡，到處是樹枝、竹枝，而魚總是喜歡在那裡穿來穿去。」

「我知道了。」她說，有點淒然的笑著。

「在我放牠之前，妳得答應我一件事，妳必須以同樣的心情接受我的禮物。」

「我會的。」

他看著她，然後側低著身子把魚放在水裡，魚把尾巴輕輕地搖了一下，灰綠色的背脊慢慢地潛進碧綠的湖水中。

天鵝

一

王良和的香港腳又發作了。他不知道是心裡焦急香港腳就會發作，還是香港腳發作心裡就會難受。

總經理說九點半左右還要打電話給他，但現在已是九點三十二分了。他把鞋帶解開。

「叮……」電話猛然響起。

「王良和。」他一抓起聽話筒，隨即也站了起來。他的心臟急激地跳著，他的手略微發抖。

「喂，爸爸嗎？」是玉芬的聲音。他把眼睛掃了一下，有幾個同事好像在注意他。一種受騙的感覺。

「什麼事？」他的聲音有點粗暴。

「媽說要看你。」靜雲已進院五天了。

「是不是要開刀了？」

「不，醫生還是說不能開刀。」

「那找我幹嗎？」

「不知道，她剛才醒了，要我打電話給你。」

「病況有沒有好些？」

「還是一樣。」

「早上我有一個很重要的會議，會議一完我就去，沒有要緊的事不要再打電話來。」

他把電話掛斷，深怕佔了線路。也許就在他和玉芬通話的時候，總經理已打過電話來。九點三十七分。

總經理最近已對他有了認識，尤其對他那獻身式的操勞更有許多好感。再過兩個多月，總務室主任就要退休了。很可能，副主任就要升上去，問題是副主任的缺。離那時候還有兩個多月，但內部已是傳聞紛紛了。

總務室幾個科長之中，論學歷，論辦事能力，他最有希望。但這並不是決定性的因素。

以前，就時常發生過，每一個人都認為最有希望的人，到時候只要總經理用筆尖一勾，什麼事情都會改觀。而且別的部門，也有許多資格較老的科長在覬覦著那個位子。

「叮……」電話又響起。

「王良和。」他又站了起來。敬人如人在，是王良和的律法。

「爸爸。」

「什麼事？」他厲聲說。

「媽說要回去。」

「回去？幹嗎？」

「我不知道，她要我打電話給你。」

「我說開完會就去，妳聽不懂嗎？」

「可是媽說……」

「回去，也得等我開完會……」他把電話碰地掛斷。看看錶，九點四十分。

他又把視線放在總經理的報告上。他已看過十遍了吧。他能不能得到那個位子，就看今天這個會議了。

總經理已指名他司會，並且要他宣讀「總經理報告」。他絕對不能像林科長。林科長就因為前年一次會議沒有做好，做了十年的科長，到現在還一直沒有升上來，看樣子，他還要做下去。大家都知道從科長到副主任是最大難關。

總經理這一次指名他，實際上就有考驗他的意思。他說還有兩三點問題必須請示董事長。

也許總經理已打過電話來，剛好就碰到玉芬佔了線。

他的香港腳又癢又痛。一隻小蟲在慢慢地啃噬著他的心，他知道，但卻無可奈何。

他把鞋子脫開，把兩腳的腳指在地板上折著壓著。

總經理是出名的「氣象臺」，他的脾氣就像天氣，有時好，有時壞，而且最難於預測。他一高興，你可以當副主任，他一不高興，連科長都保不住。

最重要的事是如何和總經理有適當的接觸。問題是今天早上的會議。他絕對不能出紕漏，一出紕漏一切都會完蛋。

剛才，上班的時候，他在走廊上碰到林科長，怪不得林科長對他說「今天要看你的了。」他的聲音充滿著調侃和妒忌。這也難怪。上次，林科長一上臺，就臉色發白，聲音顫抖不已。一次失敗，就等於打入地獄，永遠無法超生。

九點四十五分。難道突然有了什麼變化不成。他感到不安和焦慮，他的腳又在受難了。他的全身好像也都跟著發癢，他想抓，卻不知道應該抓什麼地方。他打開了抽屜，取出藥膏，這只是一分鐘的事情。

總經理會突然指派別人嗎？那是不可能的。原稿還是他起草的，而且只有他一份和總經理的一份。

都該怪玉芬不好。一連打了兩次電話來，他最怕萬一在這個時候開刀。如果可以改，他是希望改，如不能改，就是開刀，他也不能在身邊。也可以等到散會吧。

他把襪子迅速脫下。也許他可以去找總經理問問。

「叮……」

隔壁桌上的電話突然響著。不會是吧。他把手停下，豎起耳朵聽著，同時機械地站了起來。他的眼睛一直看著那個電話，他的感覺變得很尖銳。總經理不會忘記吧。電話不是他的。他坐下來把藥膏迅速地塗上去。

「王科長。」有人在背後叫他。那聲音低沉有力，也似乎有點熟悉。四周的人都紛紛站了起來，他猛震了一下，站了起來。

「總經理，總經理……」他喃喃地說，他的聲音有點顫抖。他反射地把後跟靠攏過來，才發覺自己沒有穿著鞋子，而且左腳還沒有穿上襪子。

這怎麼可能呢，總經理怎麼會親自來找他呢？總經理的身子比他矮，他那銳利的目光，總是盯著他的下巴。偶而向上翻了一下，那視線不容許任何視線的對射。

現在，他的心裡只有一個意念，總經理為什麼不打電話給他而親自來找他呢？在他所知道的範圍內，這是少有可能的。

總經理把那兩三點補充說明了一下。他的視線始終在他的臉下部遊移著，只看他突然把視線往下一移，那銳利的目光一齊射到他那尷尬的腳板上，在那裡停了一秒鐘之久。那只有一秒鐘，但也可以說是永久的一秒鐘。

總經理匆匆說明了一下，回頭走開了。當他從那渾重的視線的壓力解放過來，把剛才總經理的說明反芻一下，才意識到適才那第三點才只有一些模糊的輪廓。但總經理的視線落在他的腳上時，他的注意力渙散了。

他想追問，但又不敢。總經理一說完回身就走，充滿著權威和自信。現在正是十點五分前。

他匆匆把襪子和鞋子穿好。他的每一個動作，都充分地感到四周的視線在逼視著他。他不敢抬頭，他怕和他們的眼光接觸，尤其是那幾個科長，一定暗自在高興吧。

他想把精神集中在總經理的報告上，但他越想把精神集中，他的思緒就越加紊亂。

總經理為什麼親自來找他？又為什麼偏偏碰到他脫下了鞋子和襪子的時候？他是看到了？那是毫無疑問的。大家都知道總經理最注重儀表，就是上廁所也一定要穿上衣。

聽說，總經理在決定重用一個人之前，往往要想辦法考驗他一下。如果這突如其來的來臨，就表示最後的考驗，剛才自己的怪模怪樣不正預示著自己的破滅嗎？那不就等於前此所做的努力，在這短短的一秒鐘完全瓦解，盡變成了泡影？

他可以向總經理說明，但他立即意識到，任何的說明，只會增加疑慮，結果只會把事情惡化。

他舉起筆來，時鐘指著十點前。

二

王良和到了醫院，已是兩點半了。在開會中玉芬曾經再打過一次電話來，但他沒有接，只是教服務生轉告她開完會就去醫院。

當然，由於玉芬一再地打電話給他，他也曾意識到事情在轉變，但這是一個重要的會議，雖然能不能成功還不能十分肯定，但一不小心就很可能失足。至少，他必須抵銷剛才的失措。

曾經有過一段時間，他對升遷這一類事不很重視，也就是因為這樣，他總算比別人緩了一步。他能不能再趕上人家，這一次是最重要的了。

近幾年來，他的看法完全改變了，他已漸漸明白了這一類事的重要性。他已選擇了這個職業，不管願意不願意，他總得跟著人家，而且要急趕直追。

開會的情形大體上還可以，他宣讀報告的聲音清楚有力，尤其是臨時修改的前兩點，他沒有再起稿，卻也能把總經理的意思完全表達出來。

至於第三點，情形就不同了。這一點，他不知道自己說得對不對，他憑那些模糊而不完整的記憶，當總經理的視線落到他的腳上，他的精神遊移了，他不知道自己是不是正確。

其他的人當然聽不出來，只有總經理一個人心裡明白，但實際上，總經理一個人對他而言，要比其他所有的人還要重要。

也許他可以從總經理的顏色去判斷，但自會議開始，他就一直意識著總經理的存在。他不敢看他，深怕當他的目光碰到他時，會把什麼都忘掉似的。

他望著與會的人，那些穿著入時的人物，不是各部室的主管，便是各地區分支機構的主持人。他在這些人當中，可說是最渺小的一個。也許有一天，他自己也會坐在那裡，而不是站在臺上。

剛才那尷尬的場面又立即浮泛起來。也許僅僅為了這，他就永遠不能加入這一宏偉的行列。有種挫敗的感覺不斷地侵襲他，一直到了散會。

開完會，總經理一直沒有對他說話。這表示他沒有錯嗎？或者那可怕的緘默，正是一種放棄他的徵兆？他的心已整個給總經理的存在佔住了。

他垂著頭走出了會場，當他碰到了外邊新鮮的空氣，靜雲的事立即從他的腦子浮起來。剛才玉芬又打電話來了，也許有什麼緊要的事。

星期天，靜雲在家裡咯血病倒，已五天了。這幾天，在他看來，病況並沒有好轉，但好像也沒有惡化。在這五天，他們不斷給她輸血。根據醫生的診斷是胃潰瘍，只是因為她血壓太高，不敢遽然開刀。

他們不停替她輸血，而她在一天之間，總也要咯一兩次血。有些時候，他也會有點疑問，到底是為了咯血才替她輸血，還是因為輸血她就咯血。

有一次，他曾經親自看到她咯血。一大灘血中，有一塊一塊深紅色的血塊。醫生說因為胃酸的關係，血液轉成深紅色。

星期天，他本來想在家裡大掃除，但有幾個高級職員突然心血來潮，提議舉行一次內部的高爾夫球比賽。碰到這種場合，當然要他張羅場地和車子。

高爾夫球現在是大熱門，可以利用這種機會和高級職員接觸。他也進步很快，目前已是內部的高手之一了，當然也樂於參加比賽。

他曾經邀靜雲同行，他也希望她同行。靜雲雖然不會玩高爾夫球，但到球場走走對身體也有好處。而且在那裡可以碰到高級職員的太太們。有時，把這種關係做好，反而比做事能力重要得多。別的不要說，現任總務室的副主任本來和他同時進來，論學力和資歷都差不多，論能力也不一定在他之上。只因他的太太，在高爾夫球場攀上了總經理的太太，他就平步青雲，這一次總務主任的缺，又已在他的手中了。

但靜雲不是那種人，她寧願留在家裡獨自打掃，也不願出去和人家交際。想不到在家裡搬動了一些東西，長年來的胃病突然發作，以致於咯血。

玉芬去請醫生來，說是胃潰瘍，必須立即送到大醫院。玉芬本來不敢打主意，而靜雲也一直說不要，說只要在家裡靜養就好了，所以一直等到他回來。

她本來就不高興住院，所以剛才玉芬打電話來，他也以為靜雲寧願回家靜養也不願住院。

到了醫院，大家都好像在等他似的。玉芬低著頭默默地坐在床邊，也不抬頭看他，只是把眼皮略微向上提了一下，好像已知道，也好像不知道進來的就是他。她的眼睛已紅腫了。

護士小姐正在替靜雲打針，看他進來只是冷冷地瞟了他一眼，她的眼睛裡摻雜著責難和輕蔑的神色。

他輕步走了過去，只見靜雲靜靜地躺著。她閉著眼睛，臉色很蒼白。她的嘴唇微微張開，已完全失去了血色，在嘴唇的內部還含著血水，沒有完全擦去。在白色的被單上也可以看到血紅的斑點，從那顏色看來，一定在剛才玉芬打電話給他的時候。

「很多嗎？」

玉芬只是把頭低了一下，好像在答覆他，也好像只是把頭垂得更低。

他俯身下去，在藥水味中，有一股腥腐氣味立即衝進了他的鼻孔。這幾天來，他對這種臭味已漸漸習慣了，但他覺得這一次比以前的好像都要強烈得多。

「沒有關係吧？」他問護士小姐，但護士小姐只是輕輕地白了他一眼。

「這位病人算是很好服侍的了。」過了片刻，護士小姐拿了注射筒出去，臨走時這樣說。好像是在自言自語，也好像在答覆他。

這一句話深深地刺痛著他的心。那個會議雖然對他關係重大，但他完全沒有想到靜雲的病況會突然急轉直下，惡化到這個地步。

「媽媽有沒有說什麼？」

「她說要回家。」這一句話玉芬已經告訴過他了。

剛才，他以為靜雲只是因為遲遲不能開刀想回家靜養，但現在看了這個樣子，他立即明白這一句話的嚴重性。有時候，病人對自己的病況，反而要比別人清楚得多。

「還說了什麼？」

「我聽不清楚。她的聲音太低了，她喃喃地說『天鵝』、『天鵝』。」

「天鵝？妳沒有聽錯嗎？」

「我也沒把握。想再問清楚，但她說得太吃力了。也許她看我沒有聽懂，想再說清楚一點，就又咯血了。」

玉芬的話是沒有錯的，他完全明白靜雲為什麼必須把這一句話說清楚了。其實，知道危險的，並不僅是靜雲一個人。醫務室的小黑板上，不是明明寫著take care 242嗎？二四二就是靜雲的床號。

「我太太說要回家。」

「這我們無法阻止。」

「您的意思呢？」

「我們只希望把病人醫好。」

「那您的意思是她沒有希望？」

「我完全沒有那種意思。」

「那您是說還有希望？」

「當然我們是希望有希望。」值班的醫師說得很冷，好像這是一件事務。

「請您實實在在告訴我，她到底有沒有希望？」

「我可以實實在在告訴您，每一個人都應該盡力。」好像每一個人都盡過力了，只有他是例外。

「那你們為什麼不開刀？」他本來不想這麼說，但今天，他覺得不容易控制自己的脾氣。

「您知道她血壓高，而且身體虛弱，沒有必要的時候，我們不願意冒險。」

「現在你們還不願意冒險？」

「這要請示主治醫師。」

「他呢？」

「回家去了。」

「下午？」

「下午不來了。」

「請您實在告訴我，如果真的沒有希望，我們也可以……」

「您知道，我們當醫生的，不能說這種話，最好還是等主治醫師來。」

「他什麼時候來？」

「明天。」

「明天？」

「沒有人可以代替？」

「緊急的時候，我們可以和他連絡。」

三

車子在疾馳著。玉芬坐在前面，王良和坐在後座，靜雲躺在他的大腿上。靜雲靜靜地躺著，她的眼睛輕輕地閉著，而她的嘴反而微微張開著。她好像要說話，但自從他進醫院看她一直到這個時候，她就一直保持著這個姿態。

「雲，我們就要回家了。」這本來是靜雲的意思。

「雲，我們就要回家了，妳知道嗎？」靜雲還是閉著眼睛。

王良和一直注視著靜雲的臉孔。這個臉孔曾經是他的歡悅，也曾經是他憂悶的源泉，但也只有這個臉孔，曾經給他的歡悅和憂悶賦予意義。現在，那個臉孔似乎已離開他很遠了。

「雲，妳聽到我嗎？」

他輕輕捏著靜雲的手腕。他想喚醒她，也想喚回遙遠的過去。

這時候，突然從靜雲的嘴裡輕輕地呃出了一聲。也許是日光的反射，也許是他自己的錯覺，他不但聽到了那聲音，甚至於也看到她的嘴唇輕微地動了一下。

他不知道這是回答，還是歎息。這時，又有一股腥臭的氣味衝進了他的鼻孔。

她終於回答他了，她已聽到他了。

二十年了吧。自從認識了靜雲，和她結婚，到現在只有一個玉芬，一個老資格的科長。玉芬是屬於他們兩個人的，只有這是真正屬於他們兩個人的。至於科長，甚至於副主任，對他們已沒有什麼重要的意義了。假如在兩個月後，這件事就是真的實現，靜雲也已不在了吧。

二十年來，除了一個科長、一個玉芬，就是一個即將來臨的死亡，和一個死亡前的不足輕重的歎息。二十年的時間似是夠長的了，它曾佔去了他的全部青春，也佔去了靜雲的生命。

他到底還剩下些什麼呢？也許就是一雙空無一物的雙手吧。

他開始懷疑二十年就只有這一點嗎？也許不止。

也許他可以尋找，他必須努力尋找。在這二十年之間，甚至於在這二十年之前。

靜雲也許也曾經想過，但現在她已無能為力了。

現在，只有一個死亡在等待著她。也許是明天，也許是今天。

適才，他向醫生說他太太想回家，醫生並沒有阻止他。醫生說過每一個人都應該盡力，但他們並沒有阻止他。玉芬也沒有勸阻他，也許她太疲倦了。

他也太疲倦了。先前那種挫敗的感覺仍然強烈地支配著他。他覺得什麼都不想做。如果時間是急流，他只願意在那裡任意漂浮，讓時間解決一切。

但他的心裡仍然有一種力量在衝擊著。沒有開刀就等於死亡。有幾次他想命令司機把車子開回去。但這種衝力永遠不能阻住那股急湍的洪流。他感到要消滅的並不是靜雲，而是他自己。他覺得無力抵抗那股要把他吸引到破滅的深淵的強力的漩渦。

車子在急馳著。只有這一條路了，一車的人的命運都好像已操在司機一個人的手裡。目前，似乎只有這是最自然的了。

「雲，」

他又喃喃地說。剛才離開醫院之前，護士曾替她打了一支強心劑。

「雲，妳聽到我的話嗎？」他望著靜雲，她仍然躺在他的大腿上。

「回到家裡，我會給妳奏一支『天鵝』。」

沒有錯，這是靜雲的希望。二十年，只有一個微弱的歎息和一個小小的希望。

突然，有一種恐怖把他的全身罩住了。車子在急馳著。忽然間，他好像迷住了方向似地，趕快把眼光移向窗外。

窗外是大街。有車子，也有行人。但外邊的一切，在這一段時間，好像已和他們完全隔離了。司機並沒有錯，車子依然依照著他所指示的方向急馳著。

他又把目光收回。靜雲仍然是靜靜地躺著。她和外界已完全脫離了，比他更加徹底。現在車子所走過的路，她已無法重覆了。他知道，許多他曾經走過的地方，許多他曾經見過的人，他將無法重會。但卻不像靜雲那麼確定了。

只有一件事，他知道可以重覆的。靜雲只有一個要求，而這也是他所可以做到的。這也是最確實的了。

他看著靜雲，她還是靜靜地躺在他的大腿上，隨著車子輕輕地盪著。她的身體只是軟軟的。他捏著她的手，她的手很瘦，並沒有反應。他摸著她的頭髮，像很久以前他常常做的，卻只發覺她增加了不少白髮。他看著她的眼睛靜靜地，已不能瞬動了。從前，他常常說她的眼睛最漂亮。這是實在的。

他用手指把她的眼皮撐開，她的眼珠已不能轉動了，有一點像魚的眼珠。

有一種恐怖的感覺侵襲著他。他沒有自信靜雲是否還活著。他已開始懷疑，剛才那一聲連他自己都沒有把握的歎息，已被車子拋開老遠了。

護士小姐已替她打了一支強心劑，但那似乎只是在打發病人。

車子在急馳著，好像在和時間賽跑。但他覺得車子的速度還不夠快。

「雲，我會奏一支『天鵝』給妳聽的。」他這樣說，好像也可以增加自信。

剛才，她真的呃了一聲。他明明看到她的嘴唇動了一下。那不是車子的震盪，也不是陽光的反射。

「雲，我們就要到家了。」

以前，他常常奏這個小曲子給她，但他太久沒有演奏過了。他不知道奏過多少曲子給她，而她卻偏愛這個曲子。

「雲，我一定會奏支『天鵝』的。」

在許許多多的曲子裡，她只要求這個曲子。這不就等於在許多種言語中，她只選擇了音樂。在這二十年六七千個日子裡，她不知對他說過多少話，但她沒有對他說過的，似乎要多得多。尤其是那一段失去了音樂的日子。而現在，她把所有的言語縮小到一個小曲子。

一顆眼淚從他的面頰慢慢滾下。他已好久沒有流過眼淚了。在這二十年，他沒有流淚的記憶，但這一下卻來得那麼自然。

眼淚從他的眼角滴下，滴到靜雲的臉上。現在，兩個人的臉已緊緊地貼在一起了。他用臉頰擦著靜雲的臉，他們已很久沒有這樣了。

他的淚水濕潤著她的臉。他把臉移開，用手摸著她的臉孔，把沾在臉上的淚水擦掉，好像那是她自己流下來的。

她的臉很瘦，臉頰已完全陷進去。她的嘴唇已沒有血色，沾在嘴唇內部的血液已乾了，發出強烈的臭味。

他以為胃潰瘍並不是絕症，醫生一再地拖延，也只是求一個萬全。誰曉得，僅僅在這五天之內，她卻完全變了一個樣子。她並不是一下子就變成了這個樣子，她每天在變，只是他沒有注意到。

「雲，我會的。」

他把手擱在她的胸前，但車子在盪著，他無法探知她的心臟是否還在跳動。現在，唯一可以使他相信她還活著的，便是她不斷從嘴裡呼出來的臭氣。他又把臉緊緊貼過去了。

「雲，妳要振作一下，我會好好替妳演奏的。」

一段音樂的旋律在他的腦中浮起。從前，是音樂把他們連結在一起。他在思索著那支熟悉的曲子，但車子突然震盪了一下。他覺得在腦子迴旋的旋律，完全不能和車子的節奏配合在一起。

四

王良和把靜雲抱起。他們已經到了。她的身體很輕，雙腳長長地垂著。

他把靜雲放在床上。他只有一個意念，他必須給靜雲演奏。

他把櫥子打開，黑色的皮箱就正如他以前常常放著的一般。他已好久沒有演奏過了，如果不是靜雲突然有這個要求，那提琴不知還要放多久呢。

那麼久沒有演奏了，提琴也許已經發霉。他把箱子打開，那提琴卻仍舊擦得光滑明亮，琴弦和琴弓也都仔細地上過松脂。一定是靜雲。她並沒有把提琴遺忘。

感激、愧慚和責難交雜在一起。

他把提琴擱在地上，把琴弓輕輕按在弦上，輕輕地拉了一下。

「雲，我要演奏了。」

但他立即發覺音調不對。他把琴弦的鬆緊調整了一下，一邊又把琴弓拉開。但那音調依然不對。這個提琴，他不知拉過多少次了，以前就沒有發生過類似的情形。

突然，他發覺自己的手在輕輕地發抖。他想鎮靜下來，想把自己控制好。但他越是意識到自己的手指，它們卻越加發抖得厲害。

有幾個音符在腦際掠過。他想抓住，但它們太飄忽不定了。這提琴，以前他曾花過整副精神照料過它，現在好像已不再屬於他了。音樂也不再屬於他了。也許，他甚至懷疑以前是屬過他的。

「雲，我會的。」

靜雲仍然是靜靜地躺著。不管她是知道或不知道，他也必須為她演奏。

他又把弓左右拉了一兩下。他的手在發抖，但他至少有耳朵。一串音符又在他的耳際掠過。那是熟悉的。他必須把它們抓住。

他的手又動了一下。但他的手還是跟不上耳朵。他有些焦急了。

「靜雲，」

他望了靜雲，好像只有靜雲能夠給他力量。突然間，他看到靜雲的身子動了一下。自從他到醫院看她，他還是第一次清清楚楚地看到她動了身子。

「靜雲，妳聽到我嗎？」

靜雲又把身子動了一下。她好像掙扎著要翻身，但沒有力量。

他望了靜雲，又把琴弓拉開，但他仍是把握不定拍子。

靜雲又歸於平靜了。雖然她已失去了言語，但這已勝於所有的言語了。

她已聽到了他啦，他必須為她演奏。以前他不知道已為她奏過多少次了，今天他必須再給她拉一次。這一次可以包括以前所有的演奏。

但今天，他的提琴好像不聽他的指揮，他的手，甚至於連他的耳朵，也都拒絕和他合作。以前，他那靈敏的耳朵和靈活的手指，是多麼地使他引以為榮，也引以為傲的。

一個旋律又在半空中飄忽而過。

「靜雲，」他想用言語來代替音樂，但那言語也忽然變得殘缺不全了。

他的手在顫抖，他的心在急速地跳盪。他的心，他的手，和他的耳朵，雖然有它們各自的旋律，但這些旋律卻是各自游離著。

他感到焦急，也感到悲哀。他想哭，但哭卻不能解決問題。他唯一能做的，就是演奏。靜雲就要走了，他們是以音樂開始的，他現在唯一的希望就是也以音樂結束。這不但是最重要的，而且也是唯一的。

「靜雲，」他想道歉，但這也不是道歉的時候。

靜雲又動了一下。她一定也在焦急吧。也許，她比他還焦急呢。

以前，有一個時期，他曾經想用提琴征服世界，但他的力量太薄弱了，他甚至於連自己都不能征服。

「雲，」靜雲也許可以給他力量。

靜雲又動了一下。這一下，她幾乎扭動了身體。她在掙扎著。顯然，她是用整個身子在掙扎的。這也許不僅是掙扎，而是一種戰鬥吧。

從前為了音樂，他們曾經引起了多少誤解，音樂也給過他們不少的困擾和苦難，但他們都用兩個人的力量一一克服了。他們不但不覺得那是不幸，因為它們給他們暗示了生活的意義。

雖然，那已是很久很久以前的事了，但那並不是完全不可追尋的。他望著靜雲的臉。她那蒼白的臉，慢慢地泛起了血色。他發覺她的額頭在冒汗。

「雲，」

她在等著。不，她正想陪著他一齊去尋索那已失去的時光。他在追尋，用他的耳朵，用他的手指，也用他的心。他要用他全身的力量去追尋，正如靜雲一樣，而且要和靜雲在一起，去尋索那些曾經屬於他們兩個人的日子。

他望著靜雲的臉，琴弓在琴弦上移動著。那時，靜雲還是年輕的。她坐在他的身邊，他一曲又一曲地奏著。有時候，他可以看到她那又大又黑的眼睛，不停地閃著亮光。

「如果我先死，我要聽一支『天鵝』。」

「傻瓜。」

兩個人都太年輕了。顯然地，兩個人都不曾想到今天。

「我隨時可以奏給妳聽呀。」

對了，他曾經這樣說，接著，就一次又一次替她奏著這個小曲子。

他的手在動著。他的心在猛烈跳著。那遙遠的過去，是一塊輕紗，雖然它飄忽不定，但卻可以用手去抓。

「雲，我已找到了。」他差一點就嚷出來。

他不相信自己抓到那塊輕紗，但那是毫無疑問的了。他知道在開始，也許不能一下子恢復以前的水準，但他要像以前一樣，一次又一次地奏給她聽。

「爸爸……」玉芬忽然叫他。

他把眼睛抬了一下。

「媽媽……」

他又把視線移向靜雲。她的臉上是平靜的，雖然她的額頭還是濕潤的。

他把琴弓繼續拉著，有時輕，有時快，但他不能停止。

門

白仁光想起了炸彈，這是一種很奇怪的聯想。白仁光的確想起了炸彈。你在街上走，突然有人扔下一顆炸彈，雖然沒有把你炸死，卻也遍體鱗傷。你說，我為什麼要受傷？因為你靠近了炸彈。此外，完全沒有什麼理由。

有理由也只是有人扔了炸彈。聘書已經發出來了，而你白仁光沒有接到。林進義和王一平也沒有接到。而你是白仁光。林進義和王一平沒有接到，大家都可以說出理由，而你白仁光，誰也說不出理由，連你白仁光自己也說不出來。也許是因為白仁光平時和林進義、王一平太接近了。林進義和王一平既然坐在你的旁邊，你怎能不和他們說話呢？

這就是理由嗎？也許這就是理由。自從那一次林進義和王一平兩個人和他們發生了爭執之後，同事們就沒有一個人敢和林、王過份接近。就像是顧炳煌吧。在這件事未發生之前，和林、王本來就是形與影，事情一發生，顧炳煌就立即變成了一個陌生人。

就算我白仁光糊塗。也許只有糊塗人才會對這種莫名其妙的制度感到憤怒。我就要滾蛋了。在一刻鐘之前，我還在替顧炳煌擔憂呢。看他那坐也不是站也不是的樣子，怪可憐。怪可憐的，該是我這個傻瓜白仁光吧。這就算是一種懲罰？既然是懲罰就該公平。有公平，那還會需要懲罰？有人說，這是殺雞教猴。也許，有人先在你身上挖一塊肉，然後再來談論什麼叫著公平吧。

每一個人都曉得，顧炳煌多少和那一次爭執有關。然而，顧炳煌卻確確實實地接到了聘書，而你白仁光，完全被拉下海啦。這世界也許根本就沒有公平不公平。只有聰明和傻瓜。今天以後，白仁光完全比顧炳煌更傻瓜了。

他曾經看見過顧炳煌在等著聘書的時候，腳在不停地顫抖著。現在，白仁光全身顫抖起來。他感到氣憤，一種挫敗的感覺立刻漲滿了全身。他憎忿，憎忿自己和別人。

他把視線移向他們的辦公室，瞪著。玻璃窗上用金色的字寫著他們的頭銜。他白仁光的抽屜裡的確有一把裁紙刀。他也可以跑到他們的面前，望他們臉上唾一口。現在，還有什麼可怕？有誰敢阻止他，誰還可以懲罰他？要公平，這就是公平。當然，他可以站起來把桌子推翻。以前就有人這樣做過。他也可以跑到高高的屋頂上，然後縱身一跳。以前也有人這樣做過。

跳就跳吧，誰會阻止你。那時候，人家要再叫你傻瓜，你就是傻瓜了。當人的價值還沒有正確地估定之前，真的會有公平嗎？當你跳下樓而有人還跟著你跳，那時再去考慮到公平的問題吧。

你感到氣怒，你也感到迷惑。人在憤怒的時候最容易犯錯。當你沉下水裡的時候，還能憤怒嗎？

我應該立刻沉住氣。前此，我在心理上可說完全沒有準備。我的內心在喊著，沉住氣讓他浮起來吧。這是我平生所遇到最大的敵人。誰是我的敵人？是對方？還是我自己？雖然我是赤手空拳，但我必須安安靜靜地面對今天所發生的事。

同事們都在討論著。每年一次的聘書。聘書、飯票。拿到飯票的人有福了，顧炳煌有福了。然而？大家在討論著，有人還把目光投過來。

在幾分鐘之前，你白仁光完全和他們每一個人處在同一地位，你很清楚。幾分鐘之後，你變了。鐵檻把你和他們分開。這個時候，他們的臉孔變得好陌生，你不認識他們，從他們的表情看，他們也不認識你。另外一個世界。你可以瞪著他們，你只能這樣。

然而，他們並沒有錯。可以說沒有人錯。你沒有生氣的理由吧。你把視線移開。

明年一月一日起，你要回家吃自己了，而他們將還繼續談論下去。靠著飯票吃飯的，當然應該談論飯票的大小。也許有人會為你歎息一聲，很微小的一聲，也許有人會說你傻瓜。只有機關，沒有同情。你同情人家，你卻觸犯到機關。人家會把你忘掉，很快很快。有人會把你當著警惕，有人突然在街上碰到了你白仁光先生，也許會白你一眼。你已可以給忘掉了。

炸彈。二十多年前，我白仁光還很小，我還記得很清楚，炸彈從飛機扔下。現在已沒有人談論了。我白仁光就要像那件事般被人忘掉，但絕對不需要二十個年頭。不能忘掉的，也許只有你身上的那個刀痕。割掉盲腸所留下來的刀痕。

我白仁光是一條盲腸，在腐爛的盲腸。

一個同事的父親，醫生給他診斷為盲腸炎，給他開刀割除。把肚子挖開，才發覺盲腸還是好好，只好把好人當著病人醫。癒後，病人還鄭重向醫生道謝。

我白仁光就是一條沒有痛的盲腸。如果每一個人在發病之前先把盲腸割掉，還會有盲腸炎存在？

然而那個刀痕。在戶籍冊上，凡是犯過錯的，都有記載。這一件事雖然不是戶籍冊上記載的前科，它卻是永遠烙印在你的心靈上。它將影響你的一生。會有什麼影響？好的？壞的？我不知道，但我相信它會有影響，它已影響了。

我白仁光雖然可以在別的地方再找到一個工作，但那是不同的。職業難找是其次，一件事你得先想通，而你只是想不通。

本來，白仁光對自己還有自信。他還年輕，在待人接物，也多能圓滿，做事有能力。這不就夠了？他自許很高，沒有想到有人半途扔出了一個炸彈。

他有理由生氣，他有理由憤怒。他不想哀呼，他只想憤怒。

自從那事發生之後，大家都遠離開林進義和王一平。白仁光同情他們。不准同情嗎？他並沒有袒護，他也沒有能力。他同情，他只是不願疏遠，和從前一樣，並沒有更加接近。必須疏遠嗎？必須像顧炳煌扮演一個叛徒？白仁光唾棄他，但他有家庭，他必須飯票。顧炳煌不如你白仁光許多。這是打狗不出門的理由吧。

前科，不，炸彈。十架飛機一字橫排，悠然地，穩定地。高射砲彈在四周爆開。他好像可以看到炸彈。炸彈如鳥屎。其實他並沒有見過鳥在空中放屎。

那些罪犯，在判決之前還可以申辯，在判決之後還可以上訴。至少，要做得令人相信罪有應得。而你呢？在一個人的命運完全操縱在另一個人的手裡，會有公平嗎？

殺雞教猴，既然有人想扔炸彈，就顧不得有人要受傷。傷雖會痊癒，而傷痕卻不可磨滅。

有人在同情他吧。暗暗地，只能暗暗地。你既是犧牲的雞，誰願意再做不知死活的猴？有人在責怪他。不站在同一個立場，當然看到的不一樣。明明知道是一隻老虎，為什麼不避開牠，明明是軋鋼的機械，你卻故意伸出了肉手。

有一位主管還請你回家休息休息。休息？明年一月一日起，我要休息多久就休息多久。也許主管是好意，也許他怕你惹事。我看他一眼，沒有表情。如果他是好意，你就該感激他，因為好意難得。如果他是怕事，你也不必怪他。此時此地，你如果翻了桌子，最吃不消的就是他。他也是每年依靠飯票吃飯的呀。

林進義和王一平竟邀起我來了，到圓環喝一杯。為了紀念今天這個意想不到的日子？我沒有答應。也許可以這麼說，我白仁光不是喝酒的傢伙。喝酒也許可以解解愁悶。他們不瞭解我，不是愁悶，而是憤怒。我不明白香煙也可以啟迪巧思，更也不敢相信酒能給人真正的勇氣。既然只是暫時的，又何必麻醉自己？

也許，我可以盡力抑制自己。越是想抑制自己，就越憤怒。我把眼睛向四周一掃，大家都不敢看我。我想把精神集中在工作上。多滑稽的念頭。既然聘書沒有再發給你，這些日子裡，你就可以領薪水不工作了。薪水既然在月初就發了，誰還會期望你工作。休息休息，也許人家所期望的，是你不要工作。

我想集中精神，多麼困難。精神反而在不斷地遊離。我明白這需要一種力。我提起筆來工作，這是力，但可能不是真正的力。這樣做並不是為了討好任何一個人，也並不是為了想獲得補發聘書。如果這有可能，我也不希望再留下來，因為我已有了創傷。我只有一個希望，希望今天這一個日子能和往日一般。

你白仁光太虛偽了，根本不懂得悲鬱，把悲鬱看得那麼輕淡。

但我必須忍住，我只要忍住一天。你太可笑了，忍住一天和不忍住有什麼區別，除非你能忍住終生。我也感覺到內心強烈的反撥。但我必須忍住一天，而且只須忍住一天。如果我今天能忍，我明天就可以真正的明白我為什麼憂悶，也可以知道為什麼發怒。

林進義和王一平走了之後，我沒有再跟人家說話，人家也沒有跟我說話。這也好，這你白仁光可以靜靜地想過。我可以想想自己，也可以想想家。你的家，還有你自己。

我不知道妻聽了這不幸的消息會有什麼感覺。心理上她和我白仁光一樣一點也沒有準備。她是否也受得住打擊？這雖然是種間接的打擊，但對一個女人，這可能超過一個男人的想像。

白仁光離開了辦公室。一個不平凡的日子，多少也像個平凡的日子過去了。一想到家，多少也給了他一點力。他心裡只有一個疑問，他真的不該告訴她嗎？她總要知道。

不，無論如何不能夠。他很快地有了決定。自從他遇見了她，他就好像已有了準備和決心。如果有幸福，他們應該共享，如果有不幸，他必須承擔一切。

不讓她知道，你能不露一點聲色？你自信能夠做到？今天，你在同事面前，也算做到了一點，但在自己親愛的女人面前，你也能成功？其實在同事面前，你沒有很必要，而且大家也都已知道。我必須盡力，你在心裡喊著。

越過馬路的時候，突然有輛計程車迎面駛來，毫無猶疑地從你身邊急擦而過。猛震一下，打破了的思緒。這簡直是一個人欺凌人的世界。計程車也許不敢放膽碰汽車，但它明白機車腳踏車都應該閃避它。它可以橫衝直撞，而你只是一個行人，一個肉身。剛才，有人挖了你的肉，但現在，有人要你的命。

一句不漂亮的話已衝到喉嚨，但立刻又被吞下去了。懦弱，連罵都不敢，虛偽。一天的抑壓，一天的磨折，只換來夾尾狗式的高邁？不飲酒而自醉的酒仙？你看看計程車的尾燈吧，它還在閃眨呢。它還在怪你走路不長眼睛。

我記不得怎樣回到家裡。我就是不知道。一踏進門，妻好像盼望已久，急急迎了出來。看到妻堆著滿臉的笑，我皺皺眉頭算是回應她。她的眼睛很眩目，就是在笑。第一回合，我白仁光算打了一次敗仗。

「我已決定了。」

她沒有等得及我開口，這正好。

「什麼事？」

本來，我只想嗯一聲，但我怕以後永遠說不出話來。

「我要出去看那一件衣服。」

「那一件？」

好像和過去脫了節，完全連接不起來。

「下午，燕珍來，說她在成都路一家委託行看了一件衣服，我決定去看一下。」

女人和衣服。

「好吧。」

反正是女人和衣服。

「你要陪我。」

「嗯。」

本來，我最不願意陪女人上街買東西。今天，我卻不能拒絕。

「真的？」

我點點頭。點頭要比說話容易。

「爸，有沒有買麵包？」

「麵包？我忘了。」

早上，我曾答應過孩子。答應就該買回來。但今天，別的事已漲滿了我的頭腦，懦弱。影響已可以看到了。我又一次感覺到打了敗仗。

「我忘了。」

我又說一次。在今天，這明明不是理由，但對一個五歲的孩子，我卻想把它說成理由。他的眼睛望著我，像一對槍口。我第一次在孩子的眼睛裡看到了懷疑的目神。

「等一會，我們上街買。」

「真的？」

我顫抖了一下。這不是最好的答案。如果他說「一定呀！」還可以忍受。但今天不能發脾氣，甚至於不能說教。不能像以前那樣說從來沒有騙過你。在辦公室，我想做到和平時一樣，但在家裡，我更希望有些事能夠做得不一樣。

吃飯，特別小心。我怕隨時要露出破綻。在我，說謊實在困難。而且我意識到，不說話也是一種欺騙。

七點左右，一家三個人浩浩蕩蕩地出發。路上，妻一直談論著衣服的事。對衣服，是外行。我連呢絨是一樣還是兩樣都還不知道。妻還是談論不休，說比聽快樂的人是不會不快樂的吧。

當然，我也曾努力去聽她，但思緒不斷地遊離。白天下來的壓力，有增無已。不續雇就算是解雇。這是生活問題。陪妻和孩子買東西也是生活問題。但今天還是屬於今年，明年是另外一個年度。生活也許是一種連續，今天的確是今天，而且也是今年。

但今天是一個倒霉的日子。今天，一個叫白仁光的人就像芝加哥大屠場裡的無知的牛，被趕進了機器。一陣冷噤。

「怎麼了？」

妻問。她已察覺到。沒有。

「沒有什麼。」

妻已察覺到心緒的遊離。

「沒有什麼？」

「沒有。」

「難得上街一次，你不高興。」

沒有不高興。裝一個笑臉，然後舒一口氣。結雖然打開了，只是彎彎扭扭不自然。

街上都是人。全臺北市，有一半以上的人上街吧！想問問她幾天沒有上街。應該是兩天一次。但實際上，已兩個多月沒有上街。愧慚之心湧將起來。

路上都是車。機械在走動。人的表情如機械，看來又冷，又蠢。我白仁光雖然沒有看到自己的表情，但一定比那些人更蠢吧。難道你不懷疑自己存在的價值？挫敗的感情在膨脹，而自己好像要從地球消失掉。

妻呢？睜大著眼睛，兩個月才一次。孩子呢？蹦蹦跳跳，比兩個月更久。

窗櫥裡在閃爍著各色各樣的光。心也在跳著，然而你白仁光，是屬於另外一個世界的人。你不屬於這一個隊伍。

一個同事曾經對妻謊說外調基隆，惹她哭了個整晚。女人和眼淚。如果白仁光的妻也知道了今天的事呢？她會中止今天晚上上街嗎？兩個月一次，女人和衣服。

也許他白仁光應該和林進義王一平他們到圓環喝一杯。林進義和王一平他們是夠可憐的。他們說不聘就不聘，他們還沒有聽說過有人餓死。雖然他白仁光也知道不會餓死，但明年一月一日，他將在那裡？

他曾經看過報紙上有許多廣告，但今天，他不看。他不願意再給人家增添說話的資料，而且他今天不看，今天和往日一樣。

有人說，在你最困苦的時候，就想想比你更悲慘的人。他們會是林進義、王一平？會是顧炳煌？他們和你差不多。但你只能想到他們。也許這街上的人。但他們也不像是。也許只有你一個人。你能忍受嗎？一想到這。也許每一個人都比你可憐吧？也許你應該想想印度或其他的地方。

你曾經在電視看到那些排隊等著麵包的人吧。你應該想到他們，你應該同情他們。

「偽善者！」

有一種聲音在你內心裡喊著。自己在不幸中還有心情同情別人。滑稽。但你，今天像昨天，該是一個強者。你有妻，有兒子。你應該是一個強者。你可以流淚，但你必須是一個強者。

「我要麵包。」

孩子指著滿窗櫥的麵包說。這是一個現實的問題，你要付錢。今天，你可以付錢，但明年呢？人是不會餓死的。你今天必須買麵包。你突然明白孩子對麵包專注的程度，也知道他很固執。還有什麼會比衣服更使女人專注和固執？

「你看，仁光，那一件乳白色的短大衣。」

十二月的確是一個買短大衣的季節。

「你看怎麼樣？」

「很好看。」

「我可以試一下？」

「嗯。」

妻把衣服套上，走到鏡前，把衣裾拉拉，兩手伸伸，前面照照，後面照照，把身子迅速地轉了半個身，拉拉衣裾，摸平腰身，然後抬起頭來看看我白仁光，笑著。

「很好看。」

這是第一次對妻的衣服加了意見。我真的懂得什麼？但這是實話。

「的確好看。」

「真的？」

「真的。」

事情就這樣決定了。她一定沒有預料到我會滿口答應呢。我自己也沒有預料到。今天晚上，她是一個勝利者。但我卻剛剛打了一次大敗仗。我又想起了白天的事。你不能不想它嗎？我在努力，但我所看到的又使我想起，而我閉眼不看，在我閉眼時，我又想起。

「太貴了？」

「我不知道。」

衣服既然買了，好像可以把話說得自然一些。和來的時候有些什麼區別，也許這就是了。

有些心理學家說過，人有一種傾向，在下意識裡想把不愉快的事情抑壓下去，不讓它在記憶裡容易表露出來。小時候的事也許這樣。但現在，白仁光不再相信能把今天的事忘掉。我實在無法忘懷一件曾在心裡激起大浪濤的事，高興的和不高興的。

有些實用派的心理學者，還在不停地鼓吹如何忘記不幸，他們說這樣可以增進幸福。真的？也許是由於個性，也許是由於人總想固執些什麼。但，我的心情和來的時候，總是有些不同的。

不愉快的事固然是不愉快，但我願意能有一件愉快的事和它連在一起。也許有人會責備你，你大概沒有遇到過最不幸的事。

人家要怎麼說是人家的事。今天，我和妻出來，完全沒有預料到。有一件事，我確實知道的，妻今天是愉快而幸福的。

輝亮的燈光已漸漸遠去，車內的人是稀少的。車子經過黑暗的一段，我突然在對方的窗上看到了妻的映像。這時候，妻的存在漸漸在我的心中有了位子。我害怕今天的事會使我發脾氣。也許我做得有些過份，有些作假的模樣。但我只能這樣做。

在對方的玻璃窗上，我可以看到妻的牙齒，甚至也可以看到她的眼睛。她在笑。她笑得那麼傻，我覺得。為了一件衣服就可以感到幸福的是女人，而她本身就是無憂無慮的存在。

妻的映像時而清楚，時而消失在背後的燈光。外邊越是黑暗，那映像就反而越加清楚。她在笑，她的牙齒顯得更加清楚。也許她也已經注意到我了。

我把頭轉過去，同時她也轉過來。孩子在她的懷裡熟睡著，兩隻小小的手還緊抱著剛才沒有吃完的麵包。這一塊麵包對他還有些什麼意義？如果我把它拿走，他明天醒來時還會憶起來嗎？

一切固執，只固執到今天晚上。一個兒子任他多麼固執，他總是要忘的。妻就不同了。她不會忘掉吧。不會忘掉的是傻瓜。妻是小傻瓜，而我白仁光是大傻瓜。為了明天，把它忘了吧。不，我要為了明天而把它記住。這也許就是大人和小孩的不同。

人生並不是一些破碎的斷片，而是一種如縷不絕的整體。好的和壞的摻在一起的整體。這就是人對完整，不是完美的固執吧。

心理學者既然在努力助人忘掉一切血跡斑斑的過去，以減輕心理上的負荷，我何嘗不可以使用自己的方式來處理自己的悲哀呢？把憤怒轉變成悲哀，這本身就是一種悲哀。

悲哀就是悲哀。人並沒有悲哀的義務，但悲哀仍然要來。我不相信今天這個悲哀，可以用陪妻買一件衣服來抵銷。這不是悲哀的價錢。

買衣服，只能算是一件偶然。在你白仁光的心中，它卻是一件猛激的格鬥。一件衣服在日後還可能引起多次回憶，將再觸到你的創痛。你今天，在牆上所摸索到的，可能只是一道通往悲哀的小門。也許由這一道門進去，你才可以略微懂得了真正的悲哀。

「也許是的。」

他白仁光總算也有了一點結論。他伸手拉拉妻的手，捏了一下。他想起來了，自從那事發生之後，這是他第一件自自然然做出來的事。妻總是要知道的，而他白仁光已可以隨時告訴她。

理髮師

「第一衰，剃頭噴鼓吹。」這一句非歌非謠的詞句，在臺灣不知唱過多久了。永昌在小時候也曾經哼過、唱過，想不到長大了之後，自己當起剃頭的來了。吹喇叭的人現在也出息了，已有不少人上了舞臺賺大錢，只有剃頭的依然在剃頭，尤其是自從女人侵蝕了這一地盤以後，男的理髮師就更沒有出頭的日子了。

永昌靜靜地坐在沙發椅上想著。不知多久了，他手一閒下來，就常常這樣想著。從前，他常常讀武俠小說打發時間，但現在他常常說他已讀了太多，自己都可以寫了。像他那樣做剃頭的，都會想以後年紀大了，自己開一家理髮店，而在他這年紀著手準備也不算太早。但他卻從來沒有想過。

「來坐。」

「來坐呀。」

一號的阿美和二號的阿花，嬌聲叫著。她們兩個人長得清秀，招呼也慇懃，生意也最不錯。

永昌仍然靜靜地坐著，並不抬起頭來。他的顧客很固定，固定的時間，固定的人。今天這個時候並沒有他的生意。

「最後面。」是阿花的聲音。

「嗤。」緊接著阿美的笑聲。

永昌抬起頭來，一個二十出頭的青年，大大方方像檢閱一般通過十位小姐的視線，一直走到他的前面。

「理髮？」永昌站起來。永昌很少有這樣年輕的顧客，除了那些固定的以外，他從來不和小姐們爭生意。

「我要理這樣。」年輕人把手裡畫好的圖遞給他說，那張圖上畫著三種圖樣，一種由前面看，一種由側面看，另一種則從後面。

「你可以理？」

永昌看著圖不回答，小姐們不停地吃吃地笑著，有的還在比手劃腳。

「我想我可以。」

「你不必勉強。」

「你不想試一下？」

「你有把握就說有把握，沒有把握我還可以到別的地方。」

「我有把握。」

「跟這上面畫的一模一樣？」

「當然一模一樣。」

「你不知道他是全鎮最好的理髮師，永昌師？」傍邊十號阿素插嘴說。

「我不管什麼師，我只要你能理這樣子。」

「我可以理，但你必須聽我的話。」

「聽你的話？」

「你坐下來好嗎？」

青年把上衣脫下，阿素接了過去掛好。永昌把短的胸圍圍好，在學生的肩膀輕輕拍了一下。

「先來洗頭。」

「什麼？」

「洗頭。」

「頭髮還沒理，怎麼就洗頭？」

「把頭洗了，頭髮才會自然伸直，留長髮沒有關係，剪短髮，一定要這樣剪起來才會平。」

「別的人，有沒有這樣？」

「別的人，有沒有自己畫好圖來的？」

「你是理髮的呀。」

「沒有錯，我是理髮的，不過你要聽我的話。」

「如果不聽呢？」

「我還是可以理。」

「你還是先理吧！」

永昌拿了大圍布，換了小圍巾，用爽身粉在學生的後頸上和耳邊一帶的髮腳撲了一下。

「你是個學生？」永昌問。平常永昌是不大說話的。

「嗯？」

「你唸什麼的？」

「那有什麼關係？」

「你那裡看到了這種髮型？」

「我自己想的呀。」學生有些得意地說。

「可惜，你不願當理髮師。」永昌好像在自言自語，但聲音卻足於使學生聽到。

學生望著鏡子裡的永昌翻了白眼，沒有回答他。永昌也不再多說，拿起了梳子和電剪，走了過來。

「要照圖的樣子。」

「我知道。」

「要一模一樣。」

「我知道。」永昌把電剪開了一下，又關起來，用梳子在學生的頭不停地梳著。

「你看清楚了？」

「清楚了。」永昌淡淡地說，仍用梳子不停地梳著。

「你怎麼還不剪？」

「你不先洗頭，我只好把頭髮先梳直。你很急？」永昌說，他的顧客並沒有回答。

「約會？還是參加派對？」永昌又梳了幾下。

「快理麼。」

「女朋友很漂亮吧。」

永昌把電剪扭開，在學生的頭頂上匆匆掠過，隨手一搖，一撮黑髮掉在白色的胸巾，輕輕地滑下。

「女朋友一定很漂亮。」

「你剪好好嗎？你稍有了差錯，我還得等兩個禮拜呢！我已經給糟蹋過三四次了。」

永昌只覺得好笑。以前，說得正確一點，除了這一次，他實在不願意和人家這麼說話，也不願意人家和他這麼說。但今天是不同，他從沒有碰過這種人，自己畫了圖樣來。他已好久沒有替年輕人理過頭了，就是偶而十位小姐都沒有空，他也參加剪一兩個，也常常只問了顧客一兩句，就不再開口了。

「你不能靜靜不說話呀。難道和女朋友一起也不說話？」

「你管那麼多。」

「這就對了。你說話，頭部的肌肉也跟著動，我就更清楚頭髮的性質了。」

「……」學生似乎怔了一下。「真的？」

「嗤。」阿素禁不止笑了出來，九號來好立即轉頭過來低聲探問阿素。阿素只是笑著，說不出話來。

「不要開玩笑好嗎？」學生有點生氣。

「你以為開玩笑？」

「反正，你只管理髮好了。」

「你不是本地人嗎？」

「你比女孩子還多嘴。」

「嗤。」這一下來好也聽到了。

「剛才還是先洗頭再剪……」

「……」

「這裡的頭髮壓著，你大概喜歡側著身子睡覺？」

「……」

「我說錯了？」

「怎麼睡覺我不知道。睡著了誰會知道？」

「你一定知道的。」

「為什麼？」

「我說不出來，不過我可以感覺到。你連髮型都自己畫，還會不知道自己怎麼睡？」

「真的不知道。」

「不知道沒有關係。反正我沒有說錯就是。」

「你理髮理多久了？」

「快二十年了。」

永昌十三歲的時候，剛由小學畢業，就從日月潭附近的水內鄉來到這裡和哥哥永吉學理髮。永昌和永吉相差十一歲，當時永吉已結婚，父母要他照料一下幼弟。

「嗯？看來，你還很年輕呢？」

「年輕？如果我像你這樣，也許我就不幹理髮了。」

「為什麼？」

「你想你會去理髮？」

「我當然不會。」

「如果你願意，你可以做一個很好的理髮師。」

「為什麼？」

「你那些圖。」

「那只是我一個人的。每一個會穿衣服的，也不見得就可以當一個好裁縫。」

「那是因為他們不願意當，不然就是他們根本沒有想當過。」

「那你為什麼當理髮師？」

「因為我自小就當了。」

小時候，他並沒有想到當理髮師有什麼不好。他哥哥永吉不就是理髮師？當他父母叫他到永吉家裡來，他也很高興，他以為這像一種遠足，他可以看到另外一個地方。他在學校裡六年，就沒有一次到過別的地方。永吉叫他學理髮，他也很願意學。永吉每月要寄錢回去，而且還要養他。他的心目中只有一個永吉，他只希望自己能做到永吉的地步就滿意了。

在三年之內，他學會了永吉所有的工夫。那時候，他很滿足。他和永吉一樣，把錢寄回去，雖然用的是永吉的名義。但那有什麼區別呢，只要他知道其中有他的一份。

那時候，雖然他在這一方面已和永吉一樣，但他仍隸屬於永吉。一直到有一天，有一個永吉的顧客說要他永昌理髮，他才意識到自己不再隸屬於任何一個人了。要他理髮的人越來越多，而他和永吉之間技術的差別也越來越顯著，而永吉的顧客，幾乎都轉到永昌這邊來了。

永昌也曾經有過野心，在他二十四歲那年，他和永吉分手，到了臺北打自己的天下。在臺北五年之間，他慢慢意識到自己的確是一個不可多得的理髮師。

他越是這樣想，就越覺得自己走錯了路。不管自己的技術如何的好，他畢竟只是一個剃頭的。

如果不是永吉當了理髮師，如果不是永吉叫他來，他不知自己會做什麼。但不管是什麼，總不會是剃頭的吧。他記得小時候，就是在他們鄉下，有一家賣布的火土伯做生意失敗了，還怪對門那家理髮店不停地動鉸剪把他們的守護神嚇跑了呢。

他為什麼不早一點想到呢？當他第一次出外，到永吉這裡來，永吉和嫂嫂都對他不錯，他只是一心一意想把工夫學好，一點也沒有想到這職業有多下賤。如果當時他也知道，不管哥嫂對他多好，他一定不會做下去的。有一天，他明白了自己是最傑出的理髮師之後，他就感到後悔了。這時已太遲了。他不知道自己再從頭開始，會不會做得和理髮一樣的好。

當他在臺北，已是一個很有名氣的理髮師了，突然接到永吉病危的消息。他趕回來，永吉已很衰弱，在病榻前叮囑他料理店務照顧嫂嫂一家人。

他和永吉的想法是完全不同的。永吉開理髮店是為了生計，為了賺錢，從來也不想這是什麼工作，更不會想到改行換業了。

永吉去世之後，他就留在鎮上，再沒有回到臺北去過。以前他在臺北慕名而去的顧客，也有三五個有汽車的，還老遠地跑來找他。

「你一天理多少人？」學生又問下去。

「不一定，有時兩三個，有時十幾個都有。」

「大概沒有碰到過像我這樣不好剃頭的了吧。」

「你也不算不好剃頭，就要好了。」

「就要好了？」學生叫了一聲。「這麼快，我還沒感到你在剃頭，你說就好了。」

「還要用剪刀修一修。」

「剃這種頭你需要多少時間？」

「大概需要三十分鐘。」

「三十分？上一次，大廟後的理髮小姐花了一個半鐘頭，還說我的錢不好賺呢。結果還把右邊剪短了一塊，像給狗啃過。」

「好了。」永昌用毛刷子把頭髮拂清。

「好了？」學生睜大著眼睛瞅他一眼。

「你先照照鏡子，看看和你畫的有沒有一樣？」

學生站到鏡前，前後仔細照了一下。

「差不多。」

「那就來洗頭吧。」

永昌先抹了肥皂，用圓梳子在頭上磨了五六圈。

「這裡很癢吧？」

「嗯。」學生低著頭嗯了一聲。「你怎麼知道？」

「你的頭一動，我自然知道你希望那裡多搔幾下。」

「嗯。」學生歎了一聲。

「好了，來修臉。」永昌遞給他一條直冒蒸氣的熱毛巾，自己則拿著一條乾毛巾站在理髮椅後面等著。

「修臉時也可以說話?」學生一坐下就問。

「可以呀。」

「你和別的理髮師有點不同。」

「呃,有什麼不同?理髮師還不就是理髮師?」

「你等一下。」

「什麼事?」

「你在修臉了?」

「已快好了。」

「我有點害怕。」

「怕什麼?」

「怕你的刀。」

「我的刀?太重了?」

「不,太輕了。幾乎沒有刀的感覺,我不知道刀在那裡呀。」

「很多人喜歡修臉要輕,越是不能感覺到剃刀越好。有人還從臺北來呢,因為他們喜歡我修臉。」

「我並不覺得修臉很重要。」

「呃，也許你還年輕。」

「你猜我幾歲？」

「為什麼？」

「上一次，就是大廟後那一家，好幾個理髮小姐就爭著要猜，說猜對了要我請吃水果。」

「二十一歲吧。」

「差不多。從頭髮也可以猜？我倒知道從牙齒可以猜的。」

「不一定是頭髮。也要看看鬍鬚。不過，如果猜對了，也只是偶然。也許是一種感覺吧。」

永昌再拿一條熱毛巾，替學生擦了擦臉，把椅子扳上來。

「好了？」

「吹吹風。」永昌拿了吹風機，把頭髮整面掃了一下。

「好了，你再照照鏡子。」

「這裡厚了一點？」

「是厚了一點。你剛才沒有看出來吧，是因為這裡的頭髮略為壓了一下。洗了頭之後，就伸直。所以我剛才說要先洗頭。」

「那怎麼辦？」

「我再把它吹倒，不過明天頭髮長一點，就看不出來了。」

「你剛才說三十分鐘，是連吹風？」

「是連吹風，還包括穿衣服呢。」永昌說，把上衣拿下來遞給他。

「你好像已決心在三十分鐘之內把我趕出去？」學生接了衣服，笑著說：「多少錢？」

「你在別的地方理多少錢？」

「你還是說自己的價錢吧。」

「九塊錢好了。」

「九塊錢？」學生驚訝著說。「廟後那小姐拿了我十二塊呢。也許理髮的價錢和理髮的時間成正比例吧。我也應該請她們吃水果才對。」

「你沒有請她們？」

「我會請？她們總是把請水果看得比理髮還重要。」

「你沒有請怎麼跑出來？」

「我說，我三八二十四，那一個猜對？」說著大笑起來。

永昌也跟著笑了一下。

學生把上衣拉一拉，再前後仔細地照了一番，掏出了皮夾。

「你自己為什麼不留頭髮？也是織蓆的睏椅？」

「人家是太太親自理的呀。」阿素插嘴說。

「太太也理髮？」學生把十個理髮小姐打量了一番。

「人家太太只理他一個人呢。」阿素仍不肯放鬆。

以前，阿月就是做阿素這個位子。她長得也算清秀，他本來想叫她做一號，但她喜歡十號這個位子。有幾個和她一起來的，也有更遲來的，技術稍為熟練的都紛紛到臺北去了，只有阿月一個人怎麼也不肯走。

永昌並不是不知道阿月在愛他，但他不願意娶一個理髮小姐。如果要娶理髮小姐，他在臺北那五年間，倒也有幾次機會。

「阿月，幫我理一下。」

阿月笑嘻嘻地走過來說：「我要把它全部剪掉。」

「好呀。」永昌也笑著說。

「真的？」阿月手拿著電剪。

「真的呀。」

阿月突然把電扭一開，動起手來，把他的頭髮從後到前剪開一道無毛的空地，露出青青的頭皮。

阿月開始怔了一下，然後哈哈笑了兩三聲，笑聲的尾巴變成了哭聲，突然伏在沙發椅上大哭起來。

「永昌，我，我實在不知道自己為什麼這樣做。你要我怎麼樣，我都會聽你。」晚上，阿月突然跑到半樓他的床邊來。

「好吧。妳可以不可以答應不再理髮？」

「不再理髮？這不是可以幫助你？」

「我知道，不過我不喜歡一個家裡再多一個剃頭的。」

「好吧。」阿月流著眼淚說，以後真的沒有再替人理髮，而永昌以後也真的沒有再把頭髮留起來。

學生從皮夾抽出兩張新鈔。

「不必找了。」

「第一次還是照訂價，如果你還覺得滿意，下次還歡迎你來。」

「我會再來的。」

「這一張畫呢？」永昌又把它看了一眼。

「送給你，我已不需要了。」學生說，又照了照鏡子，正想出去，又轉回來。

「我父親最近在這附近建了一家電子公司，是和外國人合作的，你如果有興趣，可以到裡頭福利社。」

「不。以前在臺北時，也有一兩次，公司裡的大老闆要請我去，我都謝絕了。」

「為什麼？」

「你在那裡只是一個理髮師。」

「在這裡不也是？」學生停頓了一下。

「但在那裡，你隸屬於一個人。」永昌是不願意隸屬於任何人的。

「但，如果你到那裡，你不喜歡理髮，也許可以做別的。」

「我可以做一個班頭吧。就是說我可以做一個廠長吧，你認為我應該做一個優秀的理髮師，還是應該做一個平凡的廠長？」

「我不知道。」

「其實，我也不知道呀。」永昌說。

「也許，我下一次來的時候，可以給你一個答覆。」

「不管有沒有答覆，我們總是歡迎你來的呀。」

「我一定會再來的。」學生說，把衣袖拉拉，把衣身摸平，大大方方地走了出去。

小姐們目送著他又吃吃地笑了起來。

永昌也笑了。本來，他並不覺得這有什麼好笑，卻也跟著笑了起來。

會晤

一

「噹——噹——噹……」掛鐘敲了十二下。

瑞杏把腕錶對了一下，的確已十二點鐘了。

克明仍埋頭在書桌上，他的頭髮已脫落了不少，尤其是最近這幾年，頭頂上已所剩無幾了。

書桌上堆著一堆一堆的書籍，有硬皮書，有線裝書，大小不同，厚薄不一。地板上也同樣堆積著許多書，像一堵一堵堅厚的圍牆，把他圍困在中間，把他和別的一切遠遠隔開。

他沒有注意到時鐘的響聲，也沒有注意到瑞杏的存在。至少，這一個時刻是如此的。

他把這一本書翻翻，迅速地抄了一兩段，再拿起另一本書，用放大鏡在上面照了照。他的視線和放大鏡和書本上密密麻麻的字連成了一條直線。

「克明，該睡了吧。」但她沒有說出來。如果是以前，只要她說這種話，他就準會發脾氣的。現在，他雖然不發脾氣，她還是不願意隨便說出來。

「妳先去睡吧。」這一句話他老早就說過了，而且已不止說過一次。

「妳先去睡吧。」像一片綠色的海水中點綴著的白帆。

「明天又要去演講了。」

也許是的，以前就有好幾次，像這種情形，他就是這樣準備著演講稿。這都是她事後才知道的。不過，她事後不知道的，也不知有多少次了。她不問，他就不說，而他也似乎不高興她問的吧。

不過，也不一定是演講。平常，他也沒有早過十二點睡覺。如果他在十二點以前上床，那就表示他要在十二點以後起來寫東西了。

她願意靜靜地坐在那裡陪著他，雖然如他所說，她不瞭解他的事業。她願意靜靜地坐在那裡，看他那全神貫注的樣子。他的動作，他的表情，她都熟悉，也許太熟悉了，所以對她已失去了意義。但她還是情願這樣，也總比躺在床上瞪著天花板好些吧。

她明白，如果是以前，他說不定還會為這一件事生氣。以前，他實在太容易發脾氣了。而且，他就常常像閃電一般，突然發脾氣，一點也沒有辦法預料。

她最苦惱的是，她完全沒有辦法捉摸他的心理。她有過好幾次經驗，她認為他該發脾氣，他卻平靜無事，有時候，她覺得實在不必驚怪的事，他卻突然大發雷霆。

現在，他已不再無緣無故發脾氣了。也許年齡也有關係，但最主要的還是因為他已知道他們沒有孩子的原因全在他身上。

「如果，妳真的想孩子，妳隨時可以抱一個，或者，只要妳願意，我們隨時可以離婚。」他說這種話反而使她覺得難受。

「我曾經生過孩子。」有好幾次，她想告訴他，但一直沒有勇氣說出來。

克明雖然不再發脾氣，但卻可以看出他更專心，更沉溺於書本中。

「妳先去睡吧。」這雖然是一句關切的話，但在她聽來，卻有一種搔不到癢處的難受。

「克明，」她呢喃著說。克明仍然把全副精神集中在書本上。他的臉部的肌肉已鬆弛了許多，他的下眼皮顯得有點臃腫下垂。

「克明，」她把聲音提高了一點。他似乎還沒有聽到。她覺得眼睛有點熱。她把手伸上來放到眼睛邊，但立即又放了下來。這時候，只要輕輕眨眼，淚水就會隨時擠出來的。

克明似乎完全沒有注意到她的變化，繼續翻書，繼續把放大鏡拿上放下，然後紙上一陣鋼筆走過的聲音。他已不常歎息了，這時候，她甚至無法感覺，他到底是不是也呼吸呢！

「克明。」她再把聲音提高一點。這時，她有一股無法按捺的衝動。也許他會像以前，突然對她發一陣脾氣，因為那已是很久以前的事了。也許，他會過來安慰她。但他只是把筆停了一下。他好像在思索，然後筆又動了起來。

這不是她預料到的，他連頭也沒有抬起來，甚至連眼睛也沒有翻動。這一下，她再也無法忍受了。眼淚不停地流了出來。

「克明，」她大聲喊出來。這許多年來，她不知已有多少次想這樣做了。要發脾氣就發脾氣吧，她不但不害怕，甚至還在默默期待著呢。

克明轉過頭來。他的眼角有些紅絲，但他的眼神卻是平靜的。

「克明，對不起。」她略帶唏噓地說。

「我就好了。」

「我……」

「妳能再等幾分鐘？」

「你能給我一分鐘？」

「什麼事？」

「早上，我看了報紙。」

「又是收養孩子的事？這種事，妳可以自己決定。」

「但這是我們兩個人的事呀！」
「我知道，不過我的意思是，妳怎麼做，我都會贊成的。」
「我也希望聽聽你的意見。」
「我……」
「克明，」
「呃？」
「我有一件事，瞞過你十幾年了。」
「呃？」
「以前，我曾生過孩子。」
「妳？」
瑞杏用力點了點頭。

二

已是三天了，自從我聽到了孩子第一聲哭，就一直沒有看過。
父親和母親輪流進來看我，他們始終一句也不提起孩子的事。

他們責難的聲音已不再有了。臉上也是關懷的表情多於其他了。如果還有其他，那就是疲倦的表情。

我很感激。他們能讓我把孩子平平安安生下來，除了感激，我還能怎樣呢？其實，這個時候，我也多少感到對不起他們。不管我所做的事對不對，總也帶給他們不少煩擾。我還不知道孩子是男是女。但那並不是重要的。父母親也都沒有告訴過我。

他們也一樣沒有關心過吧。有人說，看了孕婦的肚子就可以斷定孩子是男是女，但父親母親，一意識到我的肚子就會生氣和難受。

第三天，我的乳房開始起了變化。我必須決定孩子是否要由自己餵奶。

「孩子呢？」

「……」母親沒有回答我。我望著她的表情，知道一定有什麼事發生了。

「孩子呢？」我也不放鬆。

這一次，母親仍然只是搖頭。

「孩子呢！」我坐了起來，但母親立即把我按住。

「孩子很平安。」

「我要看看。」我對自己的母親也起了疑心。

「妳現在還要靜養身體。」

「我要知道孩子在那裡。」

「等一會，妳爸爸來了再問他吧。」

「孩子呢？」父親一進來，我就逼他。

「……」

「我要孩子！」其實，我的意思是要看看孩子。

母親仍坐在床緣，拉著我的手。父親站在床頭，低著頭望著母親。

「爸，請你告訴我孩子怎麼啦？」我老早就有一種不祥的預感。但我一直不敢問。母親不是說過孩子很平安？母親不至騙我吧！但我仍覺得不對。

如果孩子生下來不活，那是另一種解決事情的辦法。但我明明聽到了孩子的哭聲。

「沒有出嫁的媽媽」和「父不詳的孩子」一樣不容易受人家的諒解，但父親也不至於就把孩子怎麼了吧。

其實，他們根本不歡迎也不需要這一個孩子。

「生了一個沒有爸爸的孩子有什麼好處？」

「誰說沒有爸爸？」

「那到底他是誰?」

「反正，他是個正當的人。」

其他，不管他們怎麼問，我也不說。我相信他是一個正當的人還不夠嗎?也許，他有什麼差錯，就是他不應該同時愛兩個人。也許他更愛我。

「妳既然不願意說，就把孩子拿掉。」

「不。」

但就在孩子沒有出生之前，那個我認為正當的男人，和另外那個女人結婚了。

我突然發了脾氣，我已不再想要孩子了。我不要那個人的孩子。但已太遲了。雖然都不是最堂皇的，他卻也列了不少理由。

我想起父親他們的話，我雖然不大願意，但還是向父親他們伸手要求代想辦法。父親把我帶到外婆家，我就像一隻孵蛋的母雞一般給關了起來。

但孩子一生下來，我的心理又起了變化。我要孩子，我願意負擔沒有出嫁的媽媽的擔子。我對那個男人已沒有什麼情義，但我發現那孩子一半是我的。也許一半以上，因為孩子總是由母親懷孕的。

我曾經想過，如果孩子不幸真的死了，這將是解決事情最好的辦法。但自從聽了孩子的哭聲，我卻害怕孩子真的死了。這也許是做過母親和未曾做過母親的不同吧！

「我要孩子。」我叫起來。

「安靜一點，妳身體還很虛弱。」母親說。

「至少，你們得先告訴我孩子在那裡。」

「孩子很好。」

「我要看看。」

「孩子已請了奶媽。」

「叫奶媽抱來。」

「奶媽不住在這裡。」

這當然不能使我滿足。我又要發作，母親卻連忙勸我，安慰我。

到了滿月，我又要求見孩子，父親知道拗不過我的要求，也怕我把事情鬧大，在我們離開外婆家那天，突然拿了兩張剪報給我。

（梅鎮訊）昨日清晨，在本鎮火車站候車室，值班站務員許樹枝發現一個初生的男嬰。該男嬰的健康情形良好，是用布巾包紮，置於大紙盒中，紙盒外再包著大布巾，外觀像似包裹。據許樹枝稱，在清晨三點鐘左右，忽然聽到嬰兒的哭泣聲，起身查視，在候車室長椅上發現上項包裹，立即與該站駐警聯絡。該包裹之內，除初生男嬰之外，尚有新臺幣三千元。據警方初步判斷，該男嬰很可能是有錢人家的未出嫁小姐所遺棄者，似希望有心人領回收養。詳細情形仍然在積極調查中。

第二張剪報是這樣的：

（梅鎮訊）前日在本鎮火車站候車室發現之棄嬰事件，案情迄今尚無進一步發展。

唯對該棄嬰，已有附近農民夫婦向警方請求收養。該農夫林水木（三十九歲，住本鎮德興里十二鄰），與妻陳招治（三十七歲）結褵十多年，膝下迄無子女。據警方調查該林氏夫婦世居本鎮，為人勤儉誠實，目下擁有田地一甲多。

我不贊成父親的做法，但一方面怕把事情鬧大，而且這件事，又顯然已牽涉到刑事案件，我就聽父親的話，並由父親設法在臺北找了一份工作。

三

今年的夏天似乎特別長，應該已是冬天，太陽仍然灼熱異常，如果有什麼和夏天不同的，就是那乾燥的、略帶涼意的風。

克明和瑞杏坐了一個鐘頭的車到了梅鎮，又走了半個多鐘頭的路。真沒有想到一個鎮，竟擴延到這樣偏僻的鄉下來。

「我要去看看那個孩子，現在他也該十七歲了。」

「我要跟妳去。」

「你明天不是去演講？」

「不是演講。就是演講，我也要陪妳去呀！」

「真的？」瑞杏這時反而有些懷疑自己的耳朵了。她實在不知道如何去瞭解自己身邊的男人。「為什麼？」

「妳是不是一直想見他？」

「嗯。」

「這十七年來，一直如此？」

「嗯。」

「如果我們之間也有了孩子，妳還會想著他？」

「只要我沒有見過他一面，我就會想他的。」

「因為我也沒有見過，我也想見見他的。」

「真的？我，我會感激你的。」

「妳想他會是怎樣一個人？」

昨天晚上，瑞杏也曾經在腦子裡描繪那個連名字都還不知道的兒子的臉形和身材，但她怎樣也想不出來。現在，她只覺得這條路太遠了。也許，這條路就應該這麼遠。這條路還是遠一點好。

剛才，他們在拐入小路的時候，曾經問過路，但鄉下人似乎沒有時間觀念吧，說走二三十分鐘就到，而他們卻已足足走了半個多鐘頭了。

路很窄，只有一輛手拉車可以通過的程度。聽說，走路，這是一條近路。

路是順著水圳而下。目前，兩邊的稻子都已收割，水圳的水也很淺，因此，圳底顯得很深。

田間這裡那裡散著幾個人，農人正利用農閒的期間，在種著各種蔬菜。有的在除草，有的在施肥。

「你看那是什麼？」

「菜頭呀！」菜頭就是蘿蔔。瑞杏不知吃過多少蘿蔔，卻第一次看到那整個根埋在土裡的植物。從上面看下去，那深綠色的葉子，無論如何也不會使人聯想到那白淨的蘿蔔。

她突然間蹲身下去，伸手拔了一根。白色的根，還沾著一些泥土。她第一次看到了真正的蘿蔔，而這也只有這個地方才有吧。

「喂，林厝還有多遠？」克明大聲喊著。

「過去那竹圍就是哩！」有個農夫大聲回答說。這裡沒有都市的喧噪，在寬闊的田野間，大家都這樣大聲說話的。

「還要幾分鐘？」

「就到了，那個竹圍就是哩。」農夫站直著身子，指著遠處一簇綠色的竹叢。到了這種地方，許多事都不能拿都市裡的尺度來衡量了。路雖然很窄，但卻也平坦好走。也許由於露水的關係，泥土路還有點濕。

突然，瑞杏把手裡的蘿蔔扔回田裡，蹲下身子把鞋子脫下。她從沒有打著赤腳走過這樣的路，腳底平貼著泥土，有一種冷爽的感覺突然貫傳全身。

瑞杏赤腳走到泥土路的盡頭拐入了砂石的村道，把腳底拂了拂，又穿上了鞋子。

林厝的竹圍已在眼前了。

這一帶的農家，仍是一簇一簇散佈在平坦的田地裡，四周種著竹子圍繞著。

林家的竹圍相當大，圍繞著三廂式的泥磚混合的房子。雖說是三廂式，左右兩翼和屋後，又添蓋了不少房子，也顯得有些零亂，但也可以說明這一人家在這裡已很久，而且房系也不少。

林水木的家是右廂的一個貼房，像這麼大的家庭裡，目前仍擁有一甲多的田地，也不簡單。

他們已沿途打聽到，林水木已逝世，現在那些土地是由他的老妻和那個叫南雄的孩子在耕作。

克明和瑞杏在門口喊了兩聲，一個五十歲左右的農婦出來，臉上露出碰到生人時的驚訝和畏怯的微笑。

「先生那裡來的？」

「我們是鎮上來的。」

「呃，我去倒杯茶來。」

「不必客氣麼！」

房子低矮，也不算寬，屋頂上經炊煙燻黑了。屋裡有些傢俱，也都簡陋，桌椅，櫃櫥都很舊，不知是油漆已剝落了，還是原來就未油漆過。

在這裡，顯得很不調和的，就是廳前擺著的一架電唱機，和牆上掛著許多同一年份的日曆月曆，和月曆上彩色的明星照和風景照。

「鄉下人，沒有什麼好茶。」老農婦雙手端出了茶說。

「聽說令郎，我們想替他做門親事。」他們商量了一整個晚上，還沒有想出一個理想的藉口。

「呃，不過他還年輕。」

「是不是自己已經有了？」

「反正，他還年輕。」

「那我們是不是可以和他見見面？」已提出來了，只好硬著頭皮說下去。

「見面，當然可以，他現在在田裡，你們最好還是說要看他的大心菜，和捲心白菜。只要和他談種菜，他可以整天談不完，還會帶你們在田地上跑個遍呢。」農婦說著，兩隻眼睛直盯著瑞杏。

「呃，」克明和瑞杏同時呃了一聲，嘴角還帶著一種又吃驚又寬慰的微笑。

四

克明把放大鏡放下，瑞杏不知什麼時候已離開了。

他站起來伸了伸懶腰，一步跨出了滿地的書城，走到房間裡。

瑞杏側著身子躺在床上，雙腿屈起，雙手輕擱在膝上，看來身子要比以前小了些。

也許很累了吧。他把手擱在她的肩膀上，輕輕地撫摸著。她睡得很熟，一點都沒有感覺到。他不知多久了，沒有見過她睡得這麼熟，這麼酣。

白天，她見過了她的兒子。

「是他嗎？」

「我也不知道。不過，應該是他呀！」

「我一見了他，也覺得他有什麼地方像妳，只是說不出來。」

「在我沒有見過他之前，我實在沒有辦法想像他的模樣，但一見了他，我卻覺得他應該就是那個樣子呀。」

「他好像什麼都沒有感覺到。」

當然，他是不知道的吧。實際上，他根本就不管他們是誰。他所關心的，就是那些農作物，他帶著他們走來走去，還不斷指著別人的和自己的比較。

雖然，他才十七八歲，卻比他們誰都高大。他的肩膀很寬，手臂又粗又大，滿身黑褐色的皮膚，也和他們誰都不像。

他好像沒有念過許多書，說話既直率也不保留。他的話題離開不了農家事，而他的知識也限於這一方面。如果一定要在他身上看出一點什麼曾經受過都市文明的影響，也許就是他身上那一件緊綁著臀部的牛仔褲吧。

「妳有沒有看清楚了？」

「看倒是看了，卻不知道有沒有看清楚。也許，我很快就會想不起來他的臉孔，也許，我一輩子都忘不了。但，這並不重要。最重要的是我已見過他了。說實在，自從我父親把孩子抱走了之後，我一點也沒有想到還會見到他呢！」

「如果妳還有別的孩子，還會不會想他？」

「我會的。不過，自見了他之後，就是沒有別的孩子，我也不會再想見他了。」

「為什麼？」

「一次就夠了。今天，我一見了那個老農婦，就在她眼睛看出，她也好像已有感覺了。」

「呃？」

「她雖然只是一個農婦，又不是親生的母親，但在孩子一生下來就抱養的人，有了做母親的本能不也是很自然的事嗎？如果她真的有那種感覺，而還讓我們見他，我們還可以有什麼企求呢？其實，我見過一次就夠了。我覺得可以放心了。也許，應該說已很滿足了。我沒有盡到責任是事實，但她卻做得比我好。我的確有那種感覺。我相信，就是我能親自撫養，也許可以讓他多讀一些書，也許他也要比目前更斯文些，也懂得說一兩句得體的話。這是一條路。但，我今天看到的卻是另外的一條路。今天，在我看到他的一瞬間，看那又強壯又健康的體魄，矯健的動作，明朗的表情，我都很感動，我甚至已忘掉了羞慚之心。我完全沒有預料到，一個農村的婦女做到了我所做不到的事。我覺得，我應該更謙虛些。我甚至於感覺到，感激和慚愧這些感情都不免有些虛偽呢。」

「那妳已不再打算收養報上所登的那個孩子了？」

「我不是這個意思。我見了那孩子以後，我就更想收養那個孤兒了。人家把我們的孩子當著自己的孩子養大，我們有能力，固不必說，就是沒有能力，也要盡盡一己的能力呀。但，自從見了那孩子以後，我的心裡也突然起了一種變化。我覺得心裡很平靜，平靜到可以想到在這世上不知有多少人比我們更需要這個孩子，我不知道你是不是瞭解我呢？」

開始，克明的確不能瞭解她。但現在，他一看到她那安謐寧靜的睡態，好像在今天這一個日子裡什麼都未曾發生過似地，他覺得自己似乎在慢慢地瞭解她了。

他輕輕地抓住她的肩膀，她的肌肉是溫暖的，突然他有一股強烈的衝動侵襲著他。他俯身下去，把嘴唇輕輕地壓在她的前額。她好像什麼都沒有感覺，卻在那個時候，她突然轉動著身子，同時嘴唇也輕輕地噏動了一下，露出了安靜的微笑。

他真切地看到了，不需要放大鏡之助，而放大鏡也幫助不了的。

信

「篤！」

段毓忱看到郵差的綠色制服在門縫閃過，心臟突然急速地悸蕩起來。是馬兆熊的回信吧。一定是他的。這兩三天，自從她把信寄出以後，就一直在等著。他會拆閱她的信嗎？拆閱了之後，會給她回信嗎？實際上，她並不敢期望他會回信。只要他肯讀她的信，她就該滿足了。

她把信箱打開。她的手略微在發抖。厚厚的一疊，並不比她寄出去的輕。信封上的字，顯然是馬兆熊的筆跡。雖然，已隔了一二十年，他的字跡好像也沒有多大的變化。

她先舒了一口氣，然後急急把信封拆開。信封裡有另外一個信封。信封上還寫著「馬兆熊先生親啟」。那不是她自己寫的字嗎？

她把外邊大信封的字跡再看一遍。那明明是馬兆熊的字。難道他不願意看她的信？她把信封裡再看一次，看看有沒有紙條之類。但，什麼也沒有。

她的信封上也同樣什麼都沒有。也許可以說，除了郵票上多蓋一個郵戳，什麼都是她寄出去的樣子。

一下子，她感到有點茫然。但她突然又想起了妹妹。這幾天，她好像把妹妹淡忘了。就在她想起了妹妹的一瞬間，突然下了決心似地把自己的信拆開。

「兆熊：
我有些猶豫是不是應該這樣稱呼你，但想來想去，也沒有更適當的稱呼。
今天，我把你寫給我的信統統看了一次，包括最後那四封一直沒有啟封過的。本來，我也猶豫是否應該再寫信給你，但一讀完你的全部來信，我立刻做了這個決定。
我的妹妹死了。
一提到我這個妹妹，就自自然然要回憶到許多誤解和侮蔑。許多人以為我和妹妹之間的關係是一種畸形，是一種所謂『變態』。你的信裡當然不會提到，甚至連最細微的暗示也沒有，但一讀到你最後那一封決斷的信，語氣又那麼激厲，使我感到不安，不免想起你也許也誤會了我。
我和妹妹之間，並沒有人家所想像的那種事。雖然我也不一定認為那是什麼畸形。
在妹妹死前，我是不會為這一件事而困擾的。我們之間，完全是姐姐和妹妹的關係，也許還多少含有一點母親和女兒的關係。至少，我是一直認為這樣的。這就是畸形嗎？
我覺得，我需要她，而她也需要我。有她在，我心裡就有自信，就能感到一種平衡。

但現在，她一死，我就好像失去了現有的平衡。因此，我想到了你。我並不是說，你和妹妹之間有替代的關係。我只是自自然然地想到了你。

老實說，目前我實在想不起有別的人，可以把許多必須說出來的話告訴他。我不知道你會不會聽我的話，但我必須說出來。

我妹妹死得很慘。我實在不忍再對任何人提起，因為這樣，無疑要把過去的種種重溫過一次。但一想到我的事所以有那樣的結果，完全是和妹妹有關連的。唯有提起妹妹，我的事才能獲得更完善的解釋。

但，我一點也不責怪妹妹。我有這樣一個妹妹，我實在也覺得驕傲和安慰。其實，這也正是我必須找一個人說話的另一個重要的理由。

妹妹是自殺而死的。

像她那種年紀，無論如何，和死是搭不上關係的。如果不是我親眼看著她，親手埋葬了她，我是不會相信她已死了。就是現在，我已明明知道，對她的死仍然沒有什麼實感。

你還記得我們兩個哥哥的事嗎？你一定不會忘記的。不要說是你，當時就是一般人也都為這件事感到震駭。現在，我再提起來，也會深深地感到痛心的。

誰會相信兩個受過高等教育的人，竟會為了父親留下來的一點家財而自相殘殺起來呢。

二哥殺了大哥結果被判了死刑。我們也曾為二哥盡力，甚至在法庭上做了偽證，還是不能挽救他。

二哥被執行之後，我們的心情慢慢穩定下來，我們才有機會平靜地想。我們對哥哥們的行動感到羞辱，也感到悲哀。我們開始憎恨起他們來。

同時，我們也開始憎恨自己。我們也想起了已經過世的父親。我們知道父親有個親弟弟，也是我們的親叔叔。但我們一直沒有見過他。聽說他和父親之間，也是為了財產的事而鬧翻了，他們雖然沒有自相殘殺，卻一直沒有恢復過往來。

我們害怕，自己的血管裡也流著和哥哥一樣的血液。

我看著妹妹蒼白的臉孔，和她那深陷的眼珠。哥哥他們不是也一樣嗎？我感到害怕。但我害怕的並不是妹妹將加害於我，而是我在妹妹的瞳孔裡也看到了自己。

我把妹妹緊緊抱住，深怕抱得不夠緊，以為這樣便可以補償以前沒有盡力的地方。

『我們為什麼是這種人的妹妹？』妹妹激動地說，但並不是對外人的顧忌。

『我們並不一樣呀。』

「我們有錯嗎？做這種人的妹妹。」

「我們絕對沒有錯，以後也不會有錯，只要我們願意。」

妹妹抬起頭來望著我，眼眶裡噙滿著淚水。

「我們真的可以做到嗎？」

「可以的，只要盡力。」

「我願意盡最大的力。」

「但，可能需要一些代價。」

「我願意付出任何的代價。」

我們又一次擁抱起來。

雖然，我只大妹妹三歲，當時，我卻有一種做母親的感覺。

自那個時候起，我就沒有再拆開過你的來信，當時，不知道你是來信安慰我，還是責備我。但接到你一再來信，我也明白，安慰或鼓勵的成份應該大於責備。

一直到今天，我才知道你當時要寫信給我，不知要多少勇氣。你必須說服自己，也必須說服父母。

但我卻一封信也沒有拆開過。本來，我也想把那些信燒掉，我所以沒有那麼做，也還有一些依戀吧，雖然我自己也不便這樣相信。尤其是現在，我更不便這樣說。

現在，能夠再讀到你的信，再把當時的情景回味一下，我只有感激你，雖然遲到現在才能表示出來。

那時，妹妹還在大學，我立刻叫她由宿舍搬回來，為的是兩個人更能互相照顧。我們很怕離開太遠太久，那會變得生疏，心理上容易發生隔閡。

不但如此，我們更是避免和外界接觸，專心培育兩個哥哥所沒有的手足情誼，一方面為了補償以前的不足，另一方面也是為了否定哥哥他們的兇殘。

妹妹從大學一畢業，我便設法把她安頓到自己教書的學校來，日夜廝守。而一切的謠言，便在這個時候傳開了。尤其是因為我們身為教師，怕對學生們有不好的影響，有許多老師，尤其是女老師們醞釀著要把我們排斥校外。幸而，校長對我們瞭解較深，一直支持著我們。

在心理上雖然受了不少打擊，卻也使我們更堅定自己的想法，更加不可分開。

妹妹長得比我漂亮，這一點你也很清楚。她在大學裡已有很多人追求她，就是畢業以後，情書和訪客仍然沒有中斷。但妹妹都一一拒絕。甚至有時還把訪客趕出了大門。

本來，我所以拒絕你，是因為想多用一份心照顧妹妹，並沒有希望妹妹也學我的樣。

「何必這樣呢？」

「姐姐可以做到的，我為什麼就做不到？」她很堅定地說，好像她已選定了要走的路。

當時，我覺得過份，尤其是妹妹也跟著我之後排斥著外人。我勸告妹妹，但她卻反駁我，說只有真正的骨肉才有真正的感情。我們想起兩個哥哥，也想起了父親和叔叔，他們對我們已是一種很沉重的負擔了。

這以後，很突然，突然到我們兩個人都感到驚訝，一切外來的干擾一齊停止了。信和訪客一齊停止，甚至連學校裡的同事們也故意避開我們，好像彼此約好了似地。

我們由一種騷然的干擾解脫，但卻立即墮入一種不安詳的闃靜。我們除了每天和學生接觸以外，完全孤獨了。

但外界的人似乎還不願意放過我們。我們的同事，我們的鄰居，甚至於一部份學生都說我們是怪物。他們責難的聲音，和鄙夷的眼神，只有使我們聯結得更緊更密。

我們不理他們。一個不理，似乎可以戰勝一百個強辯。其他的人，我們大可以忍受，但我們卻不能不理會那些學生。那些對大人的事似懂非懂的年紀，而又充滿著好奇心的學生，使我們感到棘手。他們沒有惡意，但你卻無法忍受著那種眼神。

他們抱怨題目太難的時候，會無意中中傷你一句，說你怪物、變態，有時甚至會把事情扯到我們哥哥身上。一旦，有人不及格，就更會把所有的責任一起推到你的身上來。

學生們中傷本身還可以忍受，最不能忍受的事是，無端使學生們起了這種變化。我們也曾想離開學校，並提出了辭呈，但校長一直挽留我們。而且我們也覺得，就是到什麼地方，這種近乎敵視的態度仍然是會存在的。

這是誰的過錯呢？我們時常自問。我們的答案也總只有一個，就是更努力做一個好老師。

這樣子，勉強在外表上可以維持一個平靜。這種平靜，不管是真是假，總是自己的選擇。

我們都知道這是一種需要勇氣的生活，尤其是妹妹，在開始，更表現了最高的勇氣，是我所敬佩和羨慕的，現在，妹妹雖然已不在，我還是這樣想。

我覺得外來的干擾，對她的影響，遠比對我的少，卻沒有想到她那種外表的冷淡，只是一種包著火的冰霜。她那一團火是包不住的，壞就壞在想勉強包住它。

妹妹為了這一件事整整忍受了十年。十年，只想到這一個數目，我就感到全心痛苦，眼淚也忍不住要流出來。

他們是怎麼開始的，我一點也不知道。也許，自從十年前那位姓李的老師調到我們學校來就已開始了。妹妹似乎也沒有否認這一點。

你也許會覺得很笨吧。其他的人不知道還可以，我們這一對日夜守在一起，甚至因此引起了不少誤會和中傷的姐妹，竟也始終沒有發覺。

從這一點，也可以看出妹妹的勇氣和苦心了。十年，強忍著要把一團灼熱的火包住，是不容易想像的。

他們從來不說話，甚至連平常的寒暄都沒有，雖然兩個人面對著面坐著。怪就怪在他們太冷淡。

他們的確是孤獨的一對。如果他們有什麼相似或共同之點，就是在於他們都太孤單。

前幾天，妹妹突然告訴我，她已愛上了那個李老師。我有些不相信，但一看她的臉微微發紅，她的眼睛閃著亮光，和說話認真的表情，我又不能不相信了。

開始，我很吃驚，但還是勉強控制了自己。這種事應該早點發生，我突然這麼想。

「姐姐，妳說我該怎麼辦？」

「妳真的愛他？」

「真的。」

「能真的愛一個人，就愛他吧。」

「那妳自己呢？」

「我已愛過，而且人家也愛過我，我已夠了。」

「我真的對不起妳。」

「不要說那種話。這種事應該是來的更早才對。妳這樣做一點都沒錯。以前我們都做得太過份了些。」

「姐姐，我是一個叛徒。」

「不，妳不是叛徒，而是最忠實的妹妹。」

「不，事情也不是從今天才開始。已經有十年了，自從李老師調來本校，他的影子就一直佔據著我的頭腦的一部份，而且那一部份也越來越大，我已沒有辦法控制自己了。」妹妹懊喪著說，眼角含著眼淚。

「不要自責太深，無論什麼事情發生，我都會相信妳的。」

「妳相信我，我卻不能相信自己，有什麼比這更難受的呢？」眼淚沿著她的鼻翅滾了下來。

「我和哥哥他們一樣的自私，一樣的卑鄙！」

『不要再這麼說了，我說過妳沒有錯，不管妳選那一條路。』

『妳也相信我已瞞了妳十年了？』

『妳要瞞我，是一直想擺脫。』

『妳知道就在這十年之間，妳那個人已結了婚，也有了孩子。』

那個人，她指的是你。

『不要提他了。』我命令她說。我知道，她之所以故意要提起你，就是要加深自責。

但導致她自殺的，卻不全部是這種自責的心理。其實，我自己也不了解，一直到看了她的遺書。

她說，在這十年之間，她一直壓抑著自己的感情。雖然李老師沒有對她表示過什麼，甚至於故意不理睬，他的存在卻一直是她自己的負擔。

以前，她並沒有過這種經驗。她只知道人家追求她，但一旦和外界斷絕了接觸，人家不再追求她，她的心理就起了變化。尤其是因為她時常意識到自己比別人漂亮。

她說，李老師一來，就盯著她。她想逃避，但她不是逃避的人。以前，她曾經毫不保留地把許多追求她的人一腳踢開，但她卻不願意對李老師這樣。她也盯著看他。兩個人像兩頭野獸互相睥睨，互相窺伺，但兩個人卻是勢均力敵，也可以說勝利不屬於任何一方。尤其是妹妹這邊，戰敗的意識要比什麼都強。

她不但要和李老師格鬥，也要和自己的內心的敵人拼命。她越是想戰勝他，她的心靈上的負擔也越重。

她終於沒有辦法應付兩邊的敵人，所以她只好放棄了和李老師的格鬥，而把全力集中在對付心理上的敵人。

放棄對李老師的格鬥，在她就是承認打了敗仗，而變成了他的俘虜。

但他們之間，始終沒有更進一步的接觸，在外表上仍然都是那麼冷漠。但心裡頭，卻也明白他們之間有一種微妙的關係。

他們之間的這種關係一直維持到有一天李老師先對她開口。她完全沒有準備。那不過是一句極普通的話，但這時候，再普通的話，她也認為是一種傾訴。

雖然她早已承認了戰敗，雖然她一直在等著這一句話，一句從男人的口裡說出來的話，但她卻不敢相信真的會實現。

驟然她的心理起了極大的變化，就好像包在裡邊的火焰已燒破了厚厚的皮殼，露出了熊熊的火舌。

但她不能忘記我們之間的約定，她不能忘記我，不能忘記兩個哥哥，甚至也不能忘記我們的父親和叔叔。

我對她是一種壓力，她不能離叛我。離叛了我等於回歸到哥哥他們的路數。她突然對自己感到厭惡，感到憎恨。她面臨著一種最困難的抉擇。

那是善與惡的抉擇，也是生與死的抉擇。哥哥他們的死，一次以排山倒海之勢向她身上蓋壓下來。

實際上，她很快就有了決定。十幾年來，她就只為了這而戰鬥著，她沒有辦法戰勝，但卻也不能屈服，因為屈服在她想起來是一條哥哥他們所走的末路。

尤其她不能忘記我。因為只要我在，她不能跨越過我，而獨走自己的路。

因此，她也曾想起消滅我。

在白天裡她不能這樣做，所以在晚上她夢見殺了我。

『妳看我的雙手，』我好像可以看到她的雙手在發抖著。

『我的手，無法洗滌的血污，妳看，姐姐，我的血管裡不是也流著那種髒污的血液——為了自己，不惜殺害親人的血液！』

她在慘叫著。

『妳看看我的雙手……』

她拼命地叫喊著，像那些爆米花，突然從緊閉的高壓裡解放出來一般，她已完全失去了往日的平靜。

很久，她又恢復了平靜，可怕而不祥的平靜。就是這最不平常的平靜，使她決定了第三條路。

『這是最合適的路。』她的叫喊已變成了低吟。

但我卻可以聽到她心臟在鼓動的聲音。她的心臟把自己的血液不斷地擠出體外，然後慢慢地轉弱。

我也好像可以看到，她正盯著自己的手上的刀片，和著血管迸出來的血液，我能了解她，因為我們是親骨肉。

『血，黑暗，可怕。』

我也叫了起來，伴著一種失血的感覺。

她的死和兩個哥哥的死有一個相同的地方，便是流血，雖然所用的手段不同。

妹妹曾經自稱我們是貓科的動物，因為貓科的動物嗜血，看了流血就會有一種感動。她也曾經說，我們也許連貓科動物都不如，因為牠們不傷害同類，更不會兄弟殘殺。但她卻沒有想到貓科的動物不會自斷自絕的。

我們為了避免一種結果，但卻招來另一種結果。這是我們開始所沒料想到的。

這對我們無疑是一種諷刺。如果早知道必須這樣，我們就不會有那種約定了。

我們寧願憎恨自己的自私，我們甚至寧願互相憎恨，也總覺得比今天這一種結果好。

無論如何，我們是走了最壞的一條路，而且是用自己的意志決定和選擇的。妹妹說我們是嗜血的貓科動物，但我對血感到的並不是喜悅，而是無上的恐怖。

不管是恐怖也好，喜悅也好，我們終於走到了一條路的盡頭。

李老師聽到了妹妹的死訊，立即趕來看她。他盯著她看，足足有三分鐘。他們的暗鬥顯然已結束了。他蹲下去輕輕地撫摸著她的手和她臉孔，然後慢慢站起來。

『對不起。』

只有一句話。然後正如進來一樣，慢慢離開。他的聲音出奇的平靜，也正因為過份的平靜，我現在還一直沒有忘記，好像那時候，整個房間就只有那一句話，沒有生死，也沒有善惡，甚至也沒有時間。

我不明白，這一句話是對妹妹而發的，還是對我而說的。也許兩者都不是。

自從那一次見面，他就不知道去向，甚至也沒有出面應訊。

妹妹一死，給我一種解脫的感覺。這種解脫之感，同時把我推入孤獨的深淵。而這種孤單現在卻需要我一個人來承受。

妹妹的死，哥哥的死，一起重現到我的腦裡，而我的一生裡，除了這一些，就完全是一片空白了。甚至連妹妹的死也是一種虛假。

我伸出手，但我的四周卻是空無一物。妹妹已承擔了一切，只留下了孤獨。我甚至希望孤獨是一種自由，而不是一種束縛。

當孤獨把我從束縛釋開，我確實獲得了一種自由。我有自由，但卻沒有力氣，甚至連自責的力量都沒有，我只有伸手求援。因此，我想起了你。

你會以為我還不如妹妹吧。我的確不如她。你會因此看不起我吧。但那有什麼關係。極端的孤獨和從重壓解脫出來的空虛，幾乎使我連呼救的力量都沒有了。

我所以想到了你，也是基於這個理由。

我一向明白，你完全沒有錯。其實，我的要求並不多。我只希望有一個人能看看我的信。

也許，我的信會無端給你已平靜下來的心掀起一點風浪。也許不是風浪而是一點漣漪，不管是風浪或者是漣漪，我都沒有權利。但，我也許可以要求你，把它當著別人的事讀吧。

我的心很平靜，但同時卻充滿矛盾。其實，我是自私的。

這一封信，我並不敢期望你的回答，但我只有一個願望，希望它能抵達你的手裡，希望你能讀它。你看完之後，就把它忘掉吧。

祝好

毓忱上」

段毓忱讀完了信，把它放在桌上。

馬兆熊確實沒有讀過它。為什麼？她不是說她沒有權利要求嗎？他也沒有義務讀它。

她叫他把它當著別人的事讀。那又怎麼可能呢？她既然沒有什麼要求，而他又沒有什麼義務，這不就是最合適的結果嗎？

當她寫信的時候有一股衝動，當她等待回信的時候，有一種期望，現在讀完了這封信，她只有一種附有悲哀的苦笑。

剛才，她讀信的時候，有幾次，曾有一種移位的經驗，她覺得自己是馬兆熊，她也看到了馬兆熊捧著她的信讀著。

但她立刻從那種幻覺解脫出來。

讀完了自己的信，她感覺自己的心竟是出奇的靜。這種靜和離開了馬兆熊和妹妹廝守那一段時期的平靜不同。和妹妹死後那一種充滿著虛脫感的平靜也不同。虛脫感並不完全消退，而目前的平靜卻也是一種沒有附帶任何負擔的平靜。這是以前所沒有的經驗。

她明白一條路給塞住了。那的確是一條路，雖然不一定是一條大路。以前，當她走到一條路的盡頭，突然橫衝直撞起來，想找出一條容易的路。容易的路並不是沒有，卻不是她所要走的吧。

她把桌上的信拿起來，用火柴點燃了它。她明白她這樣做並不能毀滅掉自己的記憶，因為她也明白，這一二十年對她再也不是一片空白。

她看著信紙很快地燒成了紙灰，深深地吸了一口氣，然後長長地把它吐了出來。

校園裡的椰子樹

一

系主任告訴我，我就要升任講師了。能在三年內順利升任，是件不常有的事，怪不得系主任要特地來告訴我。我當然高興，但另一方面，我又要擔心秀娟她們了。上次，我明明就聽到她說：「也該可憐她，她唯一的事，就是讀書，就是拼命地讀。」

秀娟的話是不公平的，但不公平的，何止是秀娟一人。我不明白，人家為什麼一定要把學業的成績和身體的缺陷連在一起呢。

她們在學校的成績不如我，這一下，又讓我領先了一步，很自然地，就必須找出一個理由來安慰她們，也可以說她們畢竟還有比我優越的地方。其實，說得正確一點，是我的缺陷，並不是她們的優越。她們只是這樣欺騙自己，而使我不能忍受的，正就是這一點。我不知道人為什麼要常常欺騙自己。

我望著窗外。天氣很好，校園裡有不少人，有的是舊生，有的是新生吧。我就要站在講壇上，而那些從全省選擇出來最優秀的男女青年中間，也許就有一兩個是我的學生吧。我有一種勝利的感覺，但就在這時候，有一種更強烈的感覺立刻支配了我。

校園是整潔的，在建築物與建築物之間，有路，有草坪。通往大門的，是五線大路，路的兩邊安全島上，整齊地種植著杜鵑花，花樹之間，很調和地配合著椰子樹。在過去兩千多個日子，我已由熟悉而了解它了。

房間裡堆著不少書，有些是學校的，也有些是教授借給我的，但大部份是我自己的。我把薪水的大部份花在它們上面。以前，我只是想在書本裡求取心靈的安定，至少當我埋頭在書本裡的時候，我會忘卻一切外來的騷擾。

但在最近，我漸漸覺得，就是在書本的世界，我也時常會感覺到心靈的動搖。我時常發覺，就是眼睛望著書頁的時候，我的心神也會不停地游離。不僅一次，這使我想到知識或許只能使我更深切地體會到人生的苦痛吧。

每當我想起了這，我的心就不禁焦躁起來。我好像覺得自己在墮落了。我一方面害怕自己墮落但另一方面又好像沒有力量阻止自己的墮落。而更糟糕的是，這根本不是書本的錯，而我所最感悲哀的，也正是這一點。有些日子，打算遠離這些書本，甚至於想把它們一本一本撕破，然後放一把火把它們一齊燒掉。

但我沒有這樣做，雖然我對書本有點沒有自信，書本雖然沒有給我很大的鼓勵，但至少它們還有一點力量。我害怕，如果我真的把這些書本燒掉之後，就會完全失去了憑依，就會完完全全的墮落了。

二

張英明長得很高，至少有一七五吧。他是新近由美國學成回來的。聽說他的英語講得和美國人一樣好。僅僅這個條件就足夠使嚮往美國的小姐羨煞。趙教授告訴我：「在美國能把英文當飯碗的，到底有幾個？這是一條大魚，不要讓他逃了。」趙教授還跟我開了一個玩笑，其實我是深深感激他的用心的。

一開始，他就用英語和我談話。我不知道他是由於習慣，還是由於要證實他的英語程度，還是為了要考一考我。我儘量不說英語，這並不是我怕相形見絀，而是因為我不習慣，而且我覺得完全沒有說英語的必要。他大概是知道了我的意思，立刻把它改過來了。

雖然這樣，我不但看不出他有什麼失望的神色，反而覺得他越談越起勁。他的常識是夠豐富的，這也許是遊歷較多的人的特色之一吧。常識多是件好事，但我是更敬重有一樣專精的人。

這並不是苛求，每一個人都應該有一種理想的。我知道人家會怎麼說，她們會說人家不挑剔，我就該感激了。但，不管人家怎麼想，我總是堅持我的理想。

幸而，張英明並不僅是常識豐富，他對希臘的戲劇是有很深入的研究的。關於這，他足夠做我的老師。

就在這個時候，他看到了我的右手那隻完全像小孩子的手，五指不能彎曲自如，好像一隻擺在麵攤上，拔光了羽毛的鴨頭。他的眼光正盯牢著看它，閃著異樣的光輝。我能感覺到他的目光，但我不敢正視他。那隻畸形的手，好像不是屬於我身體的一部份，被遺忘在桌上。

我的心是不安的，我好像一個在受審的囚犯，我很想知道自己的命運，但卻又怕從法官口裡說出來的話，將會把我送進了地獄。

我還記得，第一次我認識了一個姓王的朋友。已是很久以前的事了，那時我還沒畢業。

開始，他還算談得來。我當然知道自己的缺陷，但我相信像他那種人是不會介意的，尤其是我們已談得那麼投機。

我真想不到，當他看了我的右手，他立刻靜了下來，好像他已忘卻了一切言語，也好像他已完全忘卻了自己的存在。他那充滿驚駭的臉孔使我驚駭，我只是怔怔地望著他那扭歪了的臉孔。我不敢相信，一個人的臉孔會變化這樣快。

我已感覺到這種變化的嚴重性，不禁眼熱起來。我強把眼淚忍住，不讓它滾出來，因為我不願給他看到。

我很清楚，他並沒有錯。每個人都有選擇的權利。我所感到痛苦的，是他前後兩種截然不同的態度，還有那引起態度遽變的原因。這更使我深深地意識到自己的缺陷。

自從知道事情以後，她們總是拿著我的手當出氣筒。同學們不止一次地說我「瘸手」。不但同學們如此，就是我自己的妹妹也是如此。那些傳奇作者，總是喜歡在那些不平常的人物身上，找出一點一滴與眾不同的地方，而我只有一個希望，希望我沒有什麼和人家不同。

當晚，我失眠了，我躺在床上哭泣。我不明白，僅僅在一秒鐘之間，難道我就是兩個不同的人？我的學識在不斷地增加，但我卻開始懷疑，到底這些東西對我有什麼用呢。

自這以後，我開始感覺到，這種缺陷已不折不扣地影響到我的將來了。我的內心有兩種力量在開始衝突。我應該隱匿自己的缺點，還是應該把它完全暴露出來？誇張自己的缺點和掩飾自己的缺點，一樣是自卑心理的作用，但只要我的腦子裡有一點空隙，那種衝突就會很自然地闖了進去。以前，被書本所佔有的空間，慢慢地受了不純粹的東西的侵蝕。我不能再像以前那樣對自己充滿著信心。

內心的搖動，使我有了遠避男人的傾向。我把自己關在研究室裡，但卻不能完全避免外來的侵擾。我內心所受創傷，痊癒得很慢，而且不能完全恢復以前的情況。

我的學識是與日俱增的，但我的心裡總是永遠缺少著什麼。知識如只能使人痛苦，我倒寧願自己是個白癡。

因此我希望家裡能給我一點鼓勵，能給我一點溫暖，但我所得到的，卻和我所要求的完全相反。

學校一畢業，教授們就一再要我留在母校服務，尤其是趙教授，特地為了我申請了一間研究室。這就是我唯一的避風港了。

在這裡兩年多，我的心境也慢慢地平靜下來了，想不到這時候，突然碰到那個姓林的。

我一看到他，心裡就開始動搖了。他長的很好看，就像詩集裡拜侖的肖像。但和他的相貌比較，他的性格有點不相稱。他雖也唸過不少書，但他卻喜歡說些自己能力以外的事。

不知道是由於我內心的寂寞，還是由於一種自暴的心理，我明明知道他不是我需要的人，我卻控制不住自己。

我痛恨自己心靈上的墮落，我明明知道那是一條開往地獄的船，我卻緊抓著船舷不放。

我內心那兩種力量又開始衝突起來。我應該把自己的缺點表露出來呢，還是把它隱藏起來呢？如果是為了一時的滿足，我是應該採取後者。如果這樣，我至少可以瞞過他一段時間，但他終究會發現的。

但另一種力量卻在不停地督促我，我就是能夠欺騙人家，卻不能欺騙自己。欺騙人家一時，就等於永遠欺騙自己。我要對自己有信心。就在這時候，另一股力量又慢慢抬頭，想制服先前那一股力量。我好像對自己有了重新的估價，這使我鼓起了勇氣。

他看了我的手，開始他也是驚訝的，但他的臉色急迅的轉變，他的眼神充滿著惱怒。我很奇怪，這一次和第一次不同了，我竟能正視著他。

我不明白他為什麼如此，也許他感到受騙和受辱，我慢慢把手縮了回來。

突然間，他伸手抓了我。他太突然了，也太粗暴了，我的臉也突然漲紅起來。我不知道是因為第一次這樣和男人接觸，還是由於他來勢太猛使我受不了。

我的手在他的手中掙扎了一下，但他卻一直緊握著它，把它轉來轉去地看著。

「請你不要這樣。」我的聲音很不自然，好像不是發自我的喉嚨。當我說這一句話的時候，我是使出全身的勇氣的。我的聲音一定很不好聽。

他看著我，那緊繃著的臉突然鬆弛下來，嘴角不禁漾起一點笑意，但那笑，卻是充滿著輕蔑和不屑，同時把我的手甩開。

我不知道他有沒有用力，但他那一甩，就好像由崖頂把我推下千仞的深谷，我感到頭暈目眩。

一開始，我就覺得他不是我所需要的人。但我卻一直在屈服。這些年來，我一直想使自己堅強起來，但結果卻正好相反。所以我的痛苦是雙重的。

他給我的打擊遠比第一次來得大，他給我的創傷也比第一次來得更重。當我必須把我的缺陷暴露在人家面前，我內心的痛苦是難於形容的，它使我付出了全身的力量。而使我更加痛苦的，是我必須違背自己的意志，我甚至於忘了自己的尊嚴。

這使我對男人有了戒心。我甚至於對拜侖他們也喪失了尊敬和好感。我竟流落到意氣用事了。拜侖與他何關，但我一唸到拜侖的詩，我就想到他，也想起他那充滿侮蔑的眼神。但咎由自取，我還能怪誰呢？

第二次不幸發生之後，我對男人和對自己同時失去了信心。我把自己深深地關到研究室裡邊，再也不敢和男人接觸。

我和張英明認識，是趙教授大力促成的。由於前兩次的經驗和教訓，我已對男人深具戒心。趙教授又是我最尊敬的人，我實在不能拒絕他。

我的心情很緊張，那兩種力量又不停地在內心衝突起來。我又想起趙教授開我玩笑的話，不覺臉又紅起來了。他是一條大魚，那我又算什麼呢？趙教授說這話是無心的，他和我已是太熟了。但他的這句話，卻使我精神上增加了很多的負擔。

他看了我的手，立刻靜默下來。以前，他們兩個人也是這樣的。空氣立刻沉悶起來。他的視線使我感到窒息。

但我還是鼓起勇氣，把手伸了出來。我的腦子裡只有一個意念，我必須對自己誠實。不管天下的男人是不是全都一樣，我必須對自己有信心。

雖然，我已有兩次不幸的經驗，但我還是鼓起勇氣。我用右手拿起茶杯，那畸形的鴨頭，就像鴨子用脖頸在翅膀間磨擦搔癢一樣。

他的視線還是一直落在我的手上，使我感到緊張和壓迫。我的手突然抖起來。我努力想使它平穩，但它卻越發發抖得厲害。我的精神全部集中在我的手和茶杯上，我感到血液在血管中跳動，為了這，我必須付出我的全副精神，甚至於我的生命。我只有一個信念，我不能欺騙。

但我越是集中精神，我的手就越不能受我控制。茶杯中的液體在輕輕地起著漣漪，越來越厲害，終於濺出杯外。

我想哭，我不明白為什麼要在陌生的男人面前出醜，但我還是把淚水忍住。

「我能幫忙嗎？」

「不，不。」

他很平靜，而我卻很激動。我知道自己又打了一次敗仗。他的表情充滿著同情，雖然這種表情使我氣忿，我卻抱著一種不安，想從它看出他到底接受不接受我的缺陷。

三

回家是一件苦事。不知有多少無家可歸的人，正在期望有一個自己的家，而我卻把回家當做一件苦事。我不知道尼姑庵裡的生活，但我卻樂意住在學校裡。母親老是不肯，「一個女孩子，怎麼可以住在外邊。」我有一千個反駁她的理由，但卻沒有一個反駁她的自由。

我看不慣她那冷漠的表情，不止是冷漠，有時好像還充滿著憎恨和輕蔑。如果她真的有理由憎恨我，我倒不敢怪她，但我相信她沒有理由輕蔑我。

還有妹妹的表情，更令人難以忍受。她的眼角，她的鼻翅，輕輕的牽動，總是意味著一種尋釁和敵對。對母親，我可以忍受，但對妹妹，我卻必須忍受。

我知道，母親之所以對待我如此，一定和父親有關。雖然父親已故多年，我對他的印象也已模糊不清，但每當我看見母親望著父親的肖像時那種令人怵驚的目光，不正是她對我的目光嗎？我不明白，母親既然那麼憎恨他，為什麼還把他的肖像擺在桌上呢？是為了徹底的憎恨嗎？我實在不明白。

父親的死，對母親說一定是一個很大的打擊。誰能忍受自己的丈夫死在別的女人的懷裡？但這和我有什麼關係呢？這對我絕不會是一種榮譽呀！如果一定要說是被害者，我也是被害者之一呀。何況，當時我又是那麼幼小。

但母親對待妹妹的態度卻完全兩樣。妹妹和我不都是她親生的？她之所以憎恨我，是因為我最像父親還是由於當她懷我的時候，父親和那個女人有了關係？

但母親卻什麼也不說，還是那樣冷冷的。這件事，不但我自己，就是一般比較和母親接近的朋友，也都已深深地感覺到了。

每當母親的朋友提起在我和妹妹之間，她們會毫不猶豫地選擇我做女兒時，母親總是苦笑著，既不同意，也不反駁人家。

她們的話背後，很顯然地說，妹妹完全給母親寵壞了。但母親卻繼續寵她。所以妹妹在學校的成績卻一天比一天壞了。初中，她是唸了第一流的學校，高中就變成第三流了。她參加大專的聯考，一連三次，連一個最起碼的學校也沒有考上。她所以每試必考，完全是為了母親，而母親卻是為了我已唸了大學。我知道最後一次，她根本就沒有到考場去。

我把這件事告訴母親。「這還不是為了她。」但母親不但沒有聽取我的話，反而說：「女孩子並不一定要唸大學呀！」這一句話，真是使我無地自容。我決心，自這以後不再過問妹妹的事。

但妹妹卻不放過我。

「大學有什麼了不起！我只是沒有興趣，妳難道不知道，如果我的手也像妳，我會乖乖唸書的！」

我不敢相信這就是我親妹妹說的話。

「妳難道不知道不能拆開人家的信件嗎？」

「我沒有拆，它本來就是那樣子。」

「什麼，妳還說謊，還配當助教！」

照妹妹的看法，留在學校當助教是最沒有出息的，有辦法，早已出國去了。照她的看法，講師和助教，也只是五十步和一百步之差罷了。

我決心不把升任講師的事告訴母親，既然是五十步和一百步之差，把它說了出來，就等於只在每個人的心裡多了一件事。

這時候，我突然想起了哈比。我知道牠是聽不懂我的話，但牠卻會偏著頭看我說話呀。

昨天晚上，牠一直低嗥不歇，使我整個晚上不能入眠。早上，為了這件事，妹妹還在抱怨著，但卻不像往日那樣叨叨不休。

我以為是肚子餓了，所以早上在上學之前，我就弄了一碗飯放在狗屋前面。這時候，我突然感覺到一種不安，以前，牠是沒有過這樣的。

我放大了步子回家，把門一推開，就蹲在狗屋前面，叫了兩聲「哈比，哈比。」但哈比並沒有動靜。往日，只要聽到我推門的聲音，牠就會拉長著鍊子出來迎我，搖著多毛的尾巴，紅色的舌頭在黑的嘴邊一捲一舐，向我撲過來。

我向裡面探頭，只見哈比伸直著四腳，靜靜地躺在稻草上。牠的美麗的長毛，顯得又濕又淩亂。我伸手進去，牠的身體已僵直了，體溫已完全消退。

哈比死了，但好久好久，我一直不能了解。這到底是怎麼一回事呢？死這個字眼，卻一直和哈比連不上關係。真的死了？

早上，我為牠放的飯，還是好好的擱在那裡。那昨天晚上，牠並不是為了飢餓呀，我又回憶昨晚那淒涼的低嗥，牠是生病了，那是痛苦的掙扎，一定是的。

從頭想起，我才慢慢地明白過來。

「死了，」我突然尖叫一聲，但我立刻把自己的嘴巴用手壓住，把牙齒咬緊，就像要把剛才那兩個不吉祥的字咬進肚子裡。

四

牠到底是什麼時候死的，我不知道，我會為這件事難過終生的。我必須告訴一個人。像升講師的事，我倒可以不告訴人，但這件事，我卻不能永久擱在胸膛上。但我要告訴誰呢？隨便誰都可以，只要有誰會聽我的話。

我決心不再養狗，我對狗知道得太少了。哈比很可能就是我害了牠。至少，我還是無法懂得狗的言語的。

想著我已走到「明月」。我的心突然悸動了一下。我想起了曾經和張英明在這裡約會過。我是來這裡告訴他嗎？多可笑的念頭。

他明明說要寫信給我。但他既然不再想我，我又何必去想他。我又想到了他那充滿著同情的表情。那是最使人傷心，也是最使我氣忿的。我所要的，不是同情和憐憫，我要的，是理解和尊敬。他為什麼不能把我當一個人，我不怕平凡，只要他能把我當做一個普普通通的人看待。

只為了這一點，我就可以名正言順地拒絕他，但我不但不能拒絕，我的心還是向著他的。這時，好像有種不可抗拒的力量，慢慢地，但卻平穩地拉住我，慢慢把我引向「明月」的樓梯。

「明月」的裝飾是樸拙的，可說沒有什麼裝飾，日前，有個從高雄來的朋友，就說只希望喝一杯「明月」的咖啡。「明月」的咖啡是全市最有名的，張英明也說這裡的咖啡並不比國外任何地方差，他是出過國的，他的話一定不錯。

我向屋內瞥了一眼，那天和張英明坐的位子還是空著。這時，我才知道自己的心臟悸動得很厲害。我感到耳根有點發熱。

我坐下來，把四周迅速地再打量一下，但並沒有人在看我。那天，張英明便是這樣和我對面坐著。

「哈比死了。」我對著空位子說，心裡好像舒鬆了一下。

「不要傷心，這種事情總要碰到的，因為狗的壽命平均還不到人的五分之一。」

「我不再養狗了。」

「不要再想狗的事了。」

「是真的，我不會再養狗了。好不容易把牠養大，天天看牠送你出門，迎你進門。看你要出門了，就低嗥著，表示傷心，看你進門了，就高興地撲向你身上，也不管你穿的什麼衣服。我真的不會再養狗了。」

我對著空位子說，好像我可以看到他，也可以聽到他的聲音。他明明說要寫信給我。是我聽錯了嗎？他明明說得很清楚。

也許，他說這種話，只是為了敷衍一下當時的困窘。那時，靜得多麼可怕，幾乎要令人窒息。

我還記得他的臉上充滿著同情的神色，如果是往時，我一定會為了這件事懷恨他，但那時候，我好像連怪他的念頭都沒有了。難道我已失去了判別的能力嗎？

這一次，我是打敗仗了。難道事情就這樣結束了？如果每次都一定是這種結果，那我又何必去嘗試呢。這只是在我羸弱的肩膀，多加了一些負擔而已。

他既然是這樣，我何必又去想他。但我卻一直在想著他，而現在，他就在我的面前，我在對他說話。我不知道為什麼，為什麼要告訴他這種話呢？而事實上，我的心胸比以前寬舒多了。

我不需要同情，這只是我的事。他要同情人家，卻是他的事，兩者之間，顯然沒有什麼關連。

我既然不需要同情，那為什麼要到這裡來？這不是等於欺騙自己嗎？但我並不是想欺騙自己。

以前，在晚上，我常常在床前跪下來祈禱，我沒有什麼希求，我只是祈禱給我一份自己應有的力量。但現在不同了，我唸了許多書，而這些書就好像全是為了否定神的存在而寫的。

我不再祈禱。每當我內心感到痛苦的時候，我就會策動自己想著那些比自己更不幸的人。有時，我會覺得自己太虛偽了，但一想起來，我的確不是世界上最不幸的人。

我知道自己的力量薄弱，但我並不絕望。我覺得張英明那充滿著同情的神色，又突然在我面前顯映出來。我不需要同情，但他同情卻並不是罪過。

然而，他為什麼不寫信來呀？現在，我所需要的，並不是祈禱，也不是哀訴。在哈比沒有死之前，我有了什麼心事，就會把哈比抱在懷裡輕輕地告訴牠。現在哈比死了，我不能告訴哈比，但我可以告訴別人，如果沒有別人可以告訴，我也可以告訴自己。我之所以要告訴他，只是因為這個時候想到了他。

自從那一次見面以後，我就常常的想到他，只是沒有今天想得真切。我所以想他，是因為他沒有使我絕望。

由這件事也可以看出內心的動搖，但在我見過的人當中，他是唯一使我保持一縷希望的人。他的話，好像是隨口說出來的，我卻很珍視那一句話。因為，這一句話是由我那種行動引出來的。

就在這個時候，門突然開了。我差一點叫了出來。起初，我以為是張英明，但仔細一看，他除了人長得高大以外，一點也不像他。

他一進門，就一直看著我，然後在我旁邊的圓桌坐了下來。他比張英明年輕多了，可能還是一個大學生。

他不安地坐著，眼睛不停轉動，在我身上打量一番。我故意伸出鴨頭般的右手，攪動著咖啡。這時候，我才發覺，咖啡連一口都沒有喝過。

「小姐，等人嗎？」那個人突然坐了過來。前幾天，張英明就是坐在這個位子。

「不。」

「我可以跟妳談話？」他一直望著我的手。

「嗯。」

「妳在什麼地方工作？」他想按部就班。

「我家的狗死了。」本來，我並沒有必要再向他說，但我也不想對自己的事情說得太多，想把他的話岔開。真想不到一說到哈比，我的眼淚就掉下來了。

我也感到傷心，也感到氣忿，好像把自己的弱點暴露給敵人。

「妳很寂寞？」

本來，我想否定，但我什麼也不說。我不願跟著他走。

「妳不喝點咖啡？」他也已注意到那杯完好的咖啡，但我仍然什麼都不回答，好像我已說得太多了。而他仍然在誤會我的意思，老是問長問短。如果不是我剛才自己親自答應過人家，我一定要叫他閉口的。

好像已察知了我的意思，他突然靜默下來。這靜默差不多維持了一兩分鐘，可怕的靜默。我一直等待著他再度開口，但他好像已下好了決心，一直噤然無聲。我由等待而變了期待，最後更變了冀求。他的眼睛發出異樣的光輝，一直盯著我那缺陷的右手。

我的心臟又跳盪起來，我想打破沉默，但卻不能夠。我希望他是張英明，但張英明並沒有寫信給我。

突然，他伸手抓了我的右手，它在他的手中像玩具似地，我自己都覺得可憐。他先把手指扳開，然後放在手中輕輕地捏著。他的手是溫和的。

以前並沒有人這樣捏過我，我滿身的血液都好像沸騰了起來，我的心臟像要衝破胸膛。我不知道是幸福還是痛苦，也許是拌攪著苦痛的幸福吧。

我想掙扎，但他的手那麼大，把我的手掌整個捏在他的手心。我知道掙扎是沒有用。我希望他是張英明，但不是張英明又有什麼區別呢。不管他是張英明還是別人，能夠正視著我的缺陷的，他是第一個人。

我慢慢地抬起頭來看他，我的視線和他的視線碰在一起，差不多有一分鐘，兩個人都不退讓。這時候，我感到自己的心臟在鼓動，經過血管送到我的手心，傳到我的指尖。而他和我的手的接觸處，他的脈搏也在鼓動，再由血管傳遞到他的心臟。

這是一種奇妙的感覺，而這又是一段奇妙的片刻。我一向以為沒有感覺的手掌，現在卻變成了一種橋樑，在它的銜合處，兩顆心臟同時在鼓動。

但，這只是一個片刻，我立刻明白過來了，他只是一個陌生人，在此之前，我們未見過面，在此之後，也是沒有這種可能。

我的血液突然衝了上來，並不是為了他捏著我的手，而是因為我准許他這樣做。

「請你把手放開。」

「我們到什麼地方走走？」

「不。」

「為什麼？」

「因為我必須戰勝寂寞。」

他真的把手放下了。我很感激他，我知道他是誠懇的，我也知道他是寂寞的。但我不願意寂寞是兩人結合的理由。

「我們不能再見面了？」

「……」我沒有回答他。

五

晚間，校園裡只有稀稀落落幾個人影。有的匆匆走過，有的好像在數著腳步似地，慢慢踱著。微風迎面吹來，已有點涼意了。

他只是一個陌生人，完全的陌生人，他的影子卻一直在我的腦子裡縈繞不去。我為什麼不接受他呢？是因為他是一個陌生人嗎？這樣說，張英明不也一樣是個陌生人嗎？除了我知道他叫張英明，除了從趙教授那裡得知一點有關他的來歷以外，不是和那人一樣，對我也完全是陌生的嗎？他們之間確實有距離存在，但那是到太陽和到月亮的距離的差異。儘管太陽和月亮的距離相差四百倍，它們對人類卻是一樣的遙遠。

我在草坪和草坪之間的水門汀路上慢慢踱著。一對男女迎面過來。他們本來靠得很近，到了我的面前分由兩邊擦身過去，好像我是一把刀把他們割開。我知道，他們在我的背後，立即又會靠攏過來的。

他們來得很突然。我不知道他們從那裡來，我也不知道他們要往那裡去。我可以回過頭，但我不敢。

我不敢正視幸福嗎？我為什麼要拒絕它呢？我又想起剛才離開「明月」的情景。「真的，再坐一下，我們可以談談。如果妳不願意說話，我們可以靜坐著。」

「不。」

我把咖啡推開。我到「明月」好像只是為了把一杯咖啡慢慢攪冷，然後一口不喝就走開了。

他突然站了起來，好像要擋住我的去路，他的眼睛裡漲滿著跡近祈求的亮光。

「請你不要這樣。」

我的聲音很低，但卻相當堅決。我還是那個理由，寂寞不應該是人與人接近的原因。這一次，他不再堅持了。我注意到他的眼神的轉變。他那充滿著幽怨，悵惘和忿懣的眼神，使我想哭出來。

在我的面前，他顯得那麼卑屈，但這一點也不損傷他的價值。他之所以求我，完全是因為我不能求他，他這種行動不但不是尊嚴的貶落，而是一種高貴的表現。

他既能這樣低聲下氣地求我，我為什麼要堅持拒絕他呢？

但，我還是拒絕了。我相信我能了解，我們的處境一定有所相似。我們都是打過敗仗的人，我們理應聚集在一起，互相舐慰對方的傷口。我們沒有理由繼續傷害對方。我明白，我輕輕的一點頭，不知他將如何感激我。現在，他正是需要慰藉，而我也是如此。

一對男女依偎在草坪上低語。我趕緊把視線移開。他的映像立即又顯現出來，他那垂頭喪氣的模樣，已深深地鏤刻在我心目中。不幸的人呀！你就是找出來千萬個堂皇的理由，也不足於洗滌驕矜的罪名呀。

難道你不知道他並沒有什麼要求嗎？他不是說只要談談嗎？我可以靜坐在那裡繼續攪冷我的咖啡，而他也可以繼續喝那有濃度的咖啡，至少也可以給晚上的失眠有一個更合理的藉口。

如果我願意，我也可以繼續告訴他哈比的死，我可以告訴他我的職業，他會全神貫注地聽著我的每一句話。我也可以告訴他我已升任講師了，這是我一直想告訴人家而一直沒有機會的。他一定要大大地吃驚。我也可以告訴他，我那彆扭的手替我招來了多少不幸，他會一邊撫摸著它，一邊歎息。我可以准許他，也可以拒絕他。我准許他，他會高興，我拒絕他，他會失望，但他都會聽話的。

然後，我也會要求他說話。在他說話的時候，我會很小心地聽著。我會低著頭聽他，偶而也會抬起頭來看看他的表情。我會要求他把他的過去說給我聽，我會像一個天真的小孩子在追逐蜻蜓一般，追逐著他的思緒，然後，他說倦了，我會接下去說，我說倦了，再輪到他，一直到最後兩人都倦了，我們可以像兩個不通語言的朋友，默默地對坐，只要看看對方的微笑，只要看看對方的皺眉。有時候，甚至於連這都是多餘的，我們只需要閉著眼睛，默默地坐著，只要我們能認知對方的存在。

但我為什麼要拒絕他呢？是因為張英明答應寫信給我嗎？還是因為我已升任講師，因為哈比死了？不然，還是因為他對我是一個很大的未知數？

在草坪上，在樹蔭下，仍然有一對一對男女在繼續輕談。他們有什麼理由嗎？他們能把它說出來嗎？他們有這種必要嗎？只要一個人提議，另一個人沒有反對，兩個人不就可以在一起嗎？對了，只要我肯同意，我們不也可以隨時像他們那樣嗎？至少，我們可以暫時像他們一樣呀！

難道我之所以拒絕，是為了拒絕這個「暫時」嗎？但暫時是永久的一部份，而永久卻是暫時的延續。他已給我機會，他已把從暫時通往永久的大門打開了，雖然我還不知道那是真正的還是虛假的永久。我卻連敲那門的意志都沒有了。

他雖然沒有保證什麼，但也沒有不保證什麼。難道草坪上的朋友們就能保證什麼嗎？

我還記得他握住我的手的情形，他的體溫還使我心悸，也使我臉紅。他好像是第一個能正視我的缺陷的男人。他的舉動，幾乎是冷酷的。他好像是一個解剖醫師在解剖人體一般，完全沒有注入自己的感情。但同情和蔑視，卻一樣使我感到壓力，一樣使我不能忍受。

老實說，對我能這樣坦然相對的，他還是第一人。也許是由於他自己的遭遇，也許是由於他的性格，他很會體會別人的心意。但我是拒絕了。我自己都有些困惑了。

我又碰到一對坐在草坪上低談的朋友。不知已有幾對了。我的視線低掃過去，前方仍然是一片幽暗。我為什麼來這裡？我的視線慢慢抬高上來。就在這時候，在那幽茫的天幕上，我依稀地看到了一棵椰子樹黑黑的剪影。

好像突然找回了失去多日的老友，我的心裡猛然擊起了感激的浪濤。今天晚上，這些奇異的椰子樹，曾經離開我特別遠，但一下子又靠得特別近了。我一直以為已離我遠逝的知心朋友，實際上卻是在我的眼前。

我感到無比的羞慚。我會始終沒有注意到它，是因為我一直把眼睛朝著底下，只因為我一直不肯把眼睛抬高起來。

但這種羞慚的感覺，立刻被一種更強烈的情緒淹沒了。雖然四周是黑暗的，但只要我定睛一看，仍可以清清楚楚地看到一排一排的椰子樹。我奔了過去，好像久凝在我身內的熱能一起放射出來一般，我用力抓住了它。我已忘了一切，我已陶醉在一種神奇的境界，是我以前所完全沒有體驗過的。

然後，我慢慢地甦醒過來。我突然感到自己的呼吸，我也聽到血液的跳動，好像這呼吸、這跳動在剛才那一片刻已完全停止。我的手仍然擱在樹幹上，而那跳動正像是從那樹幹傳出來的一般。

那樹幹是不平的，上面有一圈一圈灰白色的痕跡。每一圈痕跡代表著一張葉子。一張葉子離開了樹幹，就在它的母體上留下一道圓箍。一張葉子的掉落，並不代表它的死滅，它代表母樹的成長。

差不多每天，我都要從校園裡經過，我都要看到這些整整齊齊並排在大路兩邊的椰子樹。我在強烈的陽光下看過它們，我也在幽柔的月光下看過它們。強風吹颳它們，暴雨淋打它們。它們受盡了挫折，它們知道如何忍受，有時它們甚至從敵人攝取滋養。

我望著它們筆直的骨幹，它們永不卑屈，也永不驕矜。它們只是默默地，一分一寸，固執地指著一個方向，慢慢地成長著。

今天，在這黑夜中，雖然看不到它們在陽光下的堅勁，也看不到月光下的柔順，但它們只有一個意志，始終無聲無息地成長著。

這時候，我好像突然找回了失落多時的自我。我明白了，寂寞不能成為人與人接近的理由，是一個有力的理由，但不是全部。

蛙聲

秋吟從夢裡醒了過來。剛才就是夢嗎？剛才她睡著了？她睡多久了？她覺得頭腦仍有些昏暈不清。她的耳朵在不停地嗚響著，是自己的脈搏的聲音。她的耳朵正壓在枕頭上，心臟把血液猛向血管裡擠壓的聲音很有規則地敲叩著她的耳鼓。她也聽到自己的筋骨在鬆解，好像就要拆散開來。

她把頭轉了一下，把壓在枕頭上的耳朵從那些聲音解脫出來。

枕頭上還是濕濕的。是淚水？還是口水？她剛才哭過了？她好像哭過。淚水已冷了。她已睡很久了吧。現在是幾點鐘了？父親呢？父親也許在隔壁房間吧。她好像什麼聲音也沒有聽到。她屏住呼吸，她聽到了床頭手錶微弱的節拍，和隔壁房間偶而傳來床的軋動聲。

她伸手摸摸眼角，眼角還是濕的。剛才果真哭過了。是害怕？還是氣憤？也許都是，也許都不是。她的腦子裡仍然有些混亂。

剛才，她的確哭過。那是在夢中？還是清醒著？她的確睡過，而且也做過夢。然而，她什麼時候哭過？她又閉著眼睛，努力回溯到剛才的夢境。

她什麼時候睡著了？她記得自己好像一直在似睡非睡之中。剛才那些就是夢嗎？她還是很懷疑自己是否真的睡著了。沒有睡還能做夢？她的確睡過，而且做過夢，夢見自己跌進糞坑。

那些夢好像很清楚，她卻又無法一一記得清楚。她的確掉過糞坑。她怎麼會掉進呢？她記得自己想爬上來，但不能夠。她掙扎，卻越陷越深。開始，只淹到脖子，她還沒有時間想，就淹到嘴淹到鼻子。她呼叫，卻覺得叫不出聲音。她只能記到這裡，以後也不知道如何爬上來。她也記得，一直想把衣服扯掉。

她下意識地一腳把棉被踢開。胸口有點涼意。她伸手摸摸，衣襟已解開，奶罩也已扯下來了。

她把上衣脫下，不禁聞了一下，似沒有夢裡的氣味。是夢嗎？如果剛才的不是夢，現在的就非夢不可了。

父親曾對她說話，那也是夢嗎？她沒有回答他。她用力把門碰地關上。父親沒有再追問她。為什麼要這樣呢？她覺得門的聲音仍在耳邊響著。

但在耳邊響著的，並不僅是門的聲音。

早上，她曾經看到那丐婦用力打著那個帶路的女孩子，一隻大巴掌猛然打在女孩子的臉上，比那門的聲音更響亮吧。

「幹恁娘的，猴死囡仔！」在公園的牆角，丐婦一手捏住小女孩的雙手，又是一巴掌。

「講，提幾多錢？」

「無，我無提。」

「騙鬼，恁娘卡好，再講無。」

女孩子用力掙扎，但沒有辦法脫身，淚水掛滿著紅腫的臉。

秋吟不能相信自己的眼睛，也不能相信自己的耳朵。每星期四早晨，不管是晴天還是雨天，由那個小女孩牽著手的盲丐婦，在停車站低聲下氣地，望著長龍裡的男女老少一個一個不停地點頭頓首的盲丐婦，今天竟由一個被食的可憐蟲變成了一隻肉食動物，張大著血口直撲她領路的小女孩。

「講，毋講打死汝。」丐婦又揚起巨靈的巴掌。

「哎哨，毋敢了，哎哨。」女孩子又急哭起來。

「霹啪。」又是一聲脆雷，比其他的更加響亮，還在她的耳邊響著不已。

每星期四的早晨，自從她還在學校，就像課程表的一部份，像那傷透腦筋的微積分，正正確確地在車站出現，向每一個等車的人伸出小小的手，訴請「先生、小姐、好心好行，給我眼睛沒看的可憐人一塊錢，先生、小姐……」的盲丐婦。

每星期四，為了那聲音，也為了少聽那聲音，為了那姿態，也為了不看那姿態，準確地在皮包裡放著一塊硬幣，有時還特地換好了，為了在她開口之前，為了不讓她在自己的面前停留，甚至於為了不聽她說聲謝謝，秋吟沒有預料到那盲婦卻在自己面前露出了另一種臉孔。

她懾住了一下，好像那些受蠱惑的小動物，也不知道自己這一隻青蛙在突然發現了面對面的正是一條蛇之後如何還能脫身，突然舉步跑開，為了遠離那個情景，以為那猛獸在噬了那可憐的小女孩之後，準會掉頭過來追吃她。

她也顧不得自己的臉是青，是紅，也顧不得高跟斷了一根，一高一低，也顧不得許多人在看她，她只知道快一點離開。

是誰說過，把一塊錢拋進池塘裡，池水還會報妳一些浪花，浪花之後的圈圈漣漪。那時間雖然很短，妳卻可以準確地看到。那是沒有欺騙的準確。欺騙像醜惡的草蛭，像一隻巨大的僧帽水母，用那可怕的透明接近她，裹住了她的全身。

惱怒和憎惡在她的腦殼中澎湃著。未曾有過的經驗，一座沒有設防的城市，受到了敵人的偷襲。

她怔怔地瞪著辦公桌，科長不知叫過她幾次了，她好像聽見又好像沒有聽見。科長的聲音在她耳際徘徊，但卻被排於外耳之外。

請假吧，只有一天。然而明天呢？連請假也懶得開口。她只是繼續瞪著桌上，正如瞪著那丐婦。害怕早已過去，是惱怒，也是憎惡。

「低氣壓。」男人的話語，也是科長的口頭禪，跟著一聲長長的歎息。幾乎每一個女同事都被封過，伴隨著一些調弄，而今天終於輪到了她。

「低氣壓就低氣壓吧，請別惹我。」每一個女同事都會說的吧！她正準備頂撞。只是一次。她抬起頭來，正撞著科長滿臉的苦笑。

她把視線避開，拿起了公事。滿腦子只有那幅越想擺脫，卻越箍越緊的影像。

「鈴、鈴、鈴。」拿起電話筒，果然是德源。

「喂、喂。」聲音有點急躁。

「……」

「喂，秋吟嗎？」

把電話猛然掛斷。欲哭的感覺。

「鈴、鈴、鈴。鈴、鈴、鈴。」電話又固執地響起。

決心不接它，受騙的感覺脹滿著胸膛。

電話繼續響個不停，科長伸手把聽話筒遞給她。

「喂，」仍然是德源，他的聲音像一個陷阱。

「晚上如何？」

「……」

「晚上出來？」

「不出去了。」

「不舒服？」無關痛癢的關切，虛偽。

「我說不出去嘛。」

秋吟一向喜歡德源。她一向認為他熱誠、真摯。她並沒有意思傷他，她明白也許會永遠失去了他。但那有什麼關係。失去就失去吧，她願意失去了一切。他的誠懇也許只是一種偽裝，只是為了騙取她，正如那一個丐婦，為了騙取一塊錢，偽裝著瞎子，偽裝著那聲音和那姿態。偽裝的何止是一個丐婦？被騙的又何止是她一個？

野獸會偽裝，鳥類也會偽裝，尤其那些昆蟲更是偽裝的專家。那是為了生存。那丐婦就不是為了生存？但她是人。人和鳥、獸、昆蟲不同。每一個乞丐都會誇張自己的殘缺卻是可以原諒的。他們本來就有殘缺。

那個女丐會有什麼殘缺？那聲音，那把整個小女孩一手抓住的氣力，就是她的殘缺？這偽裝不是比野獸更巧妙？也實在比牠們更可怕和可憎了。她的聲音使她感到戰慄，她的姿態使她感到作嘔。

也許有些人是真正無法謀生。但那不是她。

她想起了早上一早就在街上的清道夫，她想起了在街上賣獎券的老婦人和小女孩，她也想起住在隔壁公寓那個酒家女，每天穿著鮮豔的衣服，不管是不是上班。

她以前不會了解，那個酒家女每天上班就是為了那些衣服？也許那個女丐，在別的日子，在別的地方，不也會穿得漂漂亮亮在大街上大搖大擺嗎？誰能保證？

如果她再在街上碰見隔壁那個酒女，也許會向她點頭吧。但她害怕萬一在街上碰到那個丐婦。又有誰敢保證她不會碰到呢？

以前，她一點也沒有懷疑過德源。誰說過，懷疑是一種罪過？她曾懷疑過那盲丐婦嗎？她為什麼不會懷疑呢？

也許，她會因此而失去了德源，永遠地失去他。但那已不再是問題了。她寧願冒這個險。她只要快一點下班，快一點回到家裡把自己關了起來。

下班的時刻，她已沒有別的感覺。她忘記是否和科長告辭，也忘記是否打過卡。她的整個頭腦只是一片空白，甚至於連剛才那景象也一時變成為不清楚的觀念。

她記得到了車站，但一看了那一排一排的長龍，心裡就忽然害怕起來。她並不是害怕那個女人，她怕那個女人不知要以那種姿態出現。也許她仍然是一個丐婦，也許她已是一個貴婦。

在那一排一排千千百百的男女中，誰說她不在？她怕見到她像一個貴婦，更怕她又恢復了那丐婦的聲音和姿態。

雖然今天不是星期四，現在又不是早晨上班的時刻，但她還是怕見到她，怕見到任何一個乞丐。

她叫了一部計程車。她一上車說了地方就趕快閉起眼睛，想把視覺觸及的一切一下隔絕。

她一閉眼睛，那丐婦立即排除剛才不清楚的形象，在她眼前浮現了。

她向她伸手，她裝著沒有看見。她竟用手觸著她的肩膀催促她，看她仍不應，一下子用力把她的身子整個扳了回來。

她聽到錢在掌心鏗鏘的聲音，挾著金屬的閃光。但錢的聲音立即變成了野獸貪婪的嗥叫，她又看到了丐婦撲向小女孩的爪掌。

秋吟猛然睜開眼睛。

為什麼非拒絕德源不可？為什麼不跑到他的身邊把今天發生過的一一告訴他？然後埋在他的懷裡痛痛快快地哭一陣子。

計程車正向家的方向急馳，只要叫司機把方向盤一轉。

「不。」她對自己堅決地說。

德源也許會安慰她。但那也是一種偽裝吧。也許德源正在等著這麼一個機會呢。

那她為什麼選擇德源？在今天，也許德源以外的人也一樣吧。

那些人和德源會有什麼區別？正如德源和那丐婦會有什麼區別一般。

德源的影子正和丐婦的重疊在一起；睜開眼睛和閉著眼睛不是一樣？

「小姐到了嗎？」司機怪親切的聲音。

「停，停，快停。」

她連坐計程車都感到害怕。她害怕司機的聲音，也害怕他的臉孔。她怕如果不趕快叫停，就不知道會把她載到什麼地方。

「小心。」司機才喊出來，一輛腳踏車已撞到車門了。又是一陣惡聲惡色。那表情，那聲音，是丐婦的聲色。丐婦已追到她了。

不，她並不追趕她。這原是她的地方，秋吟平時搭車的地方就是前面。星期四早晨，才是昨天的事。那是丐婦的時刻，那是她的地方。

每星期四，在那長長的隊伍裡，沒有遺漏地，帶著低慄的聲音，固執地叫著「先生」、「小姐」，有時，車子一到，還半攔半遮在車門，一直到硬幣落入她的掌心。她的身邊，就是那個穿著破舊的衣服，滿臉都是泥污的女孩，沒有表情地望著每一個人的臉孔。有時用衣袖或手背在鼻口一揩，又繼續毫無表情地望著每一個人。

是小孩在帶大人的路？還是大人在驅使著小孩？

也許那丐婦是另外一個人。她努力想找出不同的地方。那是不可能的。還有那女孩子總不會錯吧。

也許她真是個瞎子。但她明明看到了那雙充滿著憤怒的眼睛，和準確地兇狠地摑著小女孩的面孔，那巴掌裡，不知接過多少鏗鏘，也不知將再接受多少。

她一看有條巷子趕快一拐進去。這巷子她沒有走過，也許就是一個迷宮的進口。但她願意躲開那個地方。

她為什麼回家來？她想起了父親，父親大概已回家了吧。自從母親死後，父親一直沒有再婚。她知道父親曾和以前學校裡一位女教員很好，也帶回家過，卻好像沒有再婚的意思。

「為什麼？為了我？還是為了母親？」

「秋吟。」父親的聲音。

「……」

「怎麼啦，秋吟？」

父親真的沒有再婚的意思？父親要搬到臺北來就是為了避開那個女教員？父親曾經告訴過她，這件事該等她結婚以後才能考慮。

「為什麼？」

這就叫做犧牲嗎？為什麼要犧牲？為了母親？還是為了她？

虛偽。為什麼一定要把他的結婚扯到自己身上來？

她曾經聽說母親很漂亮，她也在照片上看過。母親很漂亮嗎？母親死的時候，她還不知道什麼叫做漂亮。也許，母親真的漂亮，很多人說過。

但那是真的嗎？有的說死是最真實的。母親的死是真實的嗎？也許，她對母親也只有一些觀念而已吧。

母親在父親也是一個觀念嗎？父親為什麼不再結婚？

父親說要等她結婚，等她和德源結婚。

她又想起了德源，同時也想起了今天和德源一直是形影的丐婦，和拉著丐婦的手從一個車站到另一個車站如同星期一般正確地巡禮的小女孩。

「結什麼婚麼。」秋吟直想大聲喊出來。

「秋吟，身體不舒服？」父親輕聲問。

為什麼要裝出那種聲音？人都必須發出那種聲音？都必須用那種聲音說話？為什麼不像獅子，不像老虎大聲地吼？吼吧，就像那個女丐抓住小女孩的雙手，吼吧！

「秋吟，是德源怎麼啦？」

「別提了，讓我安靜一下好嗎？」頂撞加上央求，然後把門砰地關上。

「為什麼呢？」

她為什麼要這樣對父親？父親有沒有這樣對過她？

今天的事，一點也不能怪他。父親怎麼會知道呢。她又不肯說。她什麼都還沒有說，已先激動起來了。

父親也許不了解她，但他對她真好。他讓她讀了許多書，又買了這一幢房子給她。

這是她的房子，這是她的房間。這幢房子是父親買給她的，而這房間卻完全屬於她一個人。她曾經依照自己的意思佈置它。也許，這就是她一直急於躲避的地方吧。

四四方方的房間圍繞著她，四面是水泥的牆壁，但她仍不能安靜。四四方方的房間還是太大了，還有那些窗子，門縫壁罅不斷地洩漏她。

她把手提包扔在桌上，身子向床上一拋，拉開棉被蒙頭蓋住。

她想哭。她要一個人哭，慢慢地哭，長長地哭。她不要德源，甚至不要父親。只要一個人，躲在棉被裡，把早晨一直儲存起來的眼淚，輕輕地哭出來，但不要間歇。這是她唯一的權利，這房間是唯一的地方。

早晨，自看了那丐婦的一幕，她就一直想哭，一直想找個地方哭。她曾經進廁所，但立即又跑出來。

她覺得奇怪，怎麼能忍住那麼久？還沒有想到這裡，淚水已不停地流出來了。

流吧，縱情地流吧，只要不出聲。她不是怕父親聽到，只是不願意出聲。這是一個人的事。哭吧，哭吧。

剛才實在不應該對父親那樣。連這也一起哭吧。眼淚向外流，也同時向內流，要多少就流多少吧。她的鼻腔早已充滿了淚水。流吧，靜靜地流出，也靜靜地流入吧。也許，只有這樣，才能流得更久，更痛快吧。

父親為什麼偏偏提起德源？他已知道了多少？

前幾天晚上，德源曾邀她出去，他在校園裡的黑暗中吻她，他的手由她的腰肢挪到胸部，第一次，毛茸茸的感覺在胸口爬行。

德源有什麼感覺？當他發現奶罩下的小小乳房？她把他的手推開，不是懷疑，只是害羞。

受騙的感覺，而她不也欺騙過他？

這半年來，她不是一直以這亂真的海綿欺騙著德源？在那以前，更長的時間，她不是同樣欺騙過更多男人貪婪的眼睛？而受騙的還包括她自己。

她感到悲哀。受騙的悲哀，挾著更大的欺騙的悲哀。

她把棉被踢開，拉開衣鈕，把奶罩猛然扯了下來，一副奶罩能增加多少美？奇怪的是以前何以沒有這種感覺呢？也許有什麼感覺，只是沒有詐騙的感覺吧。她的確沒有詐騙德源的意思。很多女人不都這樣？而她不也只是一個平常的女人？哭吧，哭吧。為了受騙，也為了欺騙，用淚水洗面，洗心，讓淚水像河流把她漂浮，把她沖走吧。

但漂浮她的並不是河流，而是糞坑。

從前，她們還住在鄉下，有一次阿琳老伯上廁不小心掉進糞坑，差一點給淹死。人家把他拉上來，帶到溪裡泡了大半天。

剛才，她自己不是也掉進糞坑裡？那是夢吧。卻又不像夢。那是德源，也許是那個丐婦，和她扭在一起的。

「騙子！」

好像是德源的聲音，也好像是自己的聲音。誰是騙子呢？

對方猛推著她。沒有錯，是德源推她。她和德源到鄉下，好像是他們以前住過的地方，就在田的角隅，常常挖開一個儲糞的坑。

德源說她是騙子她想解釋，但聽她的卻是那丐婦瞪大著的眼睛。騙子。她的聲音，也是丐婦的聲音。她扭住了那丐婦，卻跑出了德源，一手推開她。

她曾經醒過吧。好像醒了又睡著了，也許她根本就沒有睡過，也許她太疲倦了。幾點鐘了？父親已睡著了？她知道父親還沒有睡，因為她沒有聽到父親熟悉的鼾息。

平常，她和德源約會，父親總是這樣靜靜地躺在房間裡等著，只是偶而問一聲「回來了？」

他一定還沒有睡。平常就是她回來遲了，也都靜靜躺在床上等著她，有時太累睡著了，到了半夜起來，也會到她房門口看她有沒有回來，今天怎麼這樣容易就睡了？

她靜靜地聽著，父親也一樣靜靜地聽著吧。

她聽到了父親房間傳來了床的軋動聲。父親在翻身吧。父親已是那種年紀了，她實在不應該衝撞他。實際上她也完全沒有衝撞他的意思。

那丐婦和父親又有什麼關係呢？為了那個女人，而使父親難過是對的嗎？

她實在沒有意思使父親難過。

也許父親已睡著了，她好像聽到了他的鼾聲，那麼輕微。那鼾聲慢慢地轉大。

但那並不是父親的聲音。她屏息聽著，那聲音很穩定，是飛機在遠處飛過的聲音。

飛機很遠，聲音也維持很久。飛機一過，四周又回歸到平靜。已很晚了吧，她望著床頭的錶。

夜，靜得令人害怕。沒有狗的吠聲，也沒有水上水管的聲音。平常，在屋前屋後叫賣臭豆腐和茶葉蛋的聲音，隔壁樓下老太婆氣喘的聲音好像在這一刻一齊停止。如果有，也只是床頭手錶輕微的滴答聲。

夜已很深了吧。真的什麼聲音都沒有嗎？應該有的，她覺得自己的耳朵似還在嗡嗡地響著。

那是早晨丐婦咆哮的聲音吧？不，不是的。但她好像聽過，只是說不出來。

就在這時候，她聽到了「哇」的一聲，清脆地劃破了夜的安謐。

那是什麼聲音呢？

那聲音來得那麼突然，好像和這以前沒有什麼關連，但卻也好像是屬於這以前。

那是什麼聲音。在這靜夜裡，顯得那麼突兀，也顯得那麼孤單。她再屏息，以一種企求。只有一聲嗎？她開始懷疑自己的耳朵。這不是屬於今天的聲音。

只有一聲嗎？如果她沒有聽錯，也許一聲就夠了。雖然這樣，她還是願意再期待。但卻又好像不可期待的。

再來一聲吧，更清楚的一聲，只要讓她能夠證明自己的耳朵並沒有錯。今天聽到太多不愉快的聲音了。

「哇！」很久的一聲。

蛙聲嗎？沒有錯。如果不是今天，她也許會叫出來的吧。但今天，她願意靜靜地聽著。

以前住在鄉下，每到夏天，不知聽過多少這種聲音。那要熱鬧得多。就是兩年前剛搬到這裡來，前面還是一片水田，也聽過不少。

沒有想到搬到城市裡來還可以聽到蛙聲。她有些感動。

蛙聲仍然隔著一定的間隔，在她的思緒就要游離的時候。這一定是一隻不曉舌的水蛙吧。她奇怪為什麼只有一隻呢。

現在幾月了？已經是春天了，但離夏天仍遠吧。她仍然懷疑，這時候怎麼會有蛙聲？但那卻是蛙聲。沒有欺騙，也沒有偽裝。

她已好久沒有聽到過。去年，她並沒有聽到蛙聲的記憶。整整的一年了，也許還不止一年。如果沒有今天，她甚至也會把剛搬來時的蛙聲也一起忘掉吧。

兩年前，他們剛搬來，屋前一片水田才插了秧。那年夏天，他們倒聽了不少蛙聲。現在，那一片水田已蓋了一排一排的公寓，鋼筋水泥的樓房，站在陽臺上已看不到水田了。誰相信，那公寓的背後，仍然是一片水田，只是被公寓遮住了視線。聽說那一片地是學校的產業，暫時還不會蓋房子。

「哇！」那聲音雖然很孤單，卻很清楚。雖然也隔了很長一段時間，卻很準確，很穩定。這時刻，這深夜是屬於這蛙聲的。

她感到奇怪，去年一年之間，好像就沒有聽過這種聲音。也許聽過，只是沒有感覺，沒有記憶罷了。在平常，誰會珍視它？

也許問題是那些公寓。去年一年之間，整年看著人家忙著蓋房子，也整年看著人家忙著買房子，一家又一家不斷的搬來。

公寓房子只遮住了視線，並沒有遮住聽覺。但她仍然沒有聽到。有些人，遮住了視線就是遮住了聽覺吧。

那蛙聲卻一點也沒有受阻，緩慢地從容地穿過公寓的空間，一聲一聲傳了過來。

不知父親也聽到了？她心裡突然起了一陣騷動。父親是否還記得那些蛙聲？如果父親也聽到了，他會有什麼感覺？會不會和她有同樣的感覺？

她很想喊他。只要在這時候喊他一聲，他就不會再記掛今天的事吧。

也許他已睡著了。如果他已睡著，就該讓他安安靜靜地睡吧，因為這樣平靜的夜也不會多。但她更相信他還沒有睡。如果他沒有睡，他就應該聽到了。在這樣平靜的夜，只要清醒著就會聽到的。她不知道以後是不是還會常常聽到。

她慢慢地，長長地吁了一口氣，從床上輕輕坐起來，走到衣櫥前，把脫下的上衣掛好，看看鏡裡的自己，把內衣也一齊脫下。

她身上已一無所有了，這就是她的全部了。以前，她也曾經在鏡前這樣看過自己，但今天晚上她總覺得和以前有些不同。

德源會生她的氣吧？如果他沒有誤會她，有一天她可以這樣告訴他，我就是這樣一個女人，再沒有什麼虛假了。

少年偵探團系列

推理文學巨擘江戶川亂步經典作品——《少年偵探團》系列重磅登場！與《怪盜二十面相》正面交鋒；看《少年偵探團》勇於冒險、抽絲剝繭；跟蹤《妖怪博士》、發現重大祕密；在《大金塊》中探尋寶藏的蹤跡；與《青銅魔人》、《透明怪人》展開驚心動魄的智慧較量。再多的危機與謎團，機智的名偵探與少年偵探們總是有辦法！為孩子們寫的推理小說，跟著亂步，當個臨危不亂的小偵探！

怪盜二十面相

江戶川亂步 著　譚一珂 譯

離家十多年的羽柴壯一突然來信告知家人自己要回國，同時羽柴家收到怪盜二十面相即將來偷盜寶石的預告信。羽柴一家一方面期待許久不見的壯一回來，一方面又對怪盜二十面相的犯罪預告惴惴不安。

沒想到寶石仍舊被偷走了。羽柴家向鼎鼎大名的偵探明智小五郎尋求協助，接著竟衍生出一連串意想不到的發展。亂步以明智小五郎以及助手小林的互動，帶領讀者推理故事的情節，並給予少年小林大篇幅的描寫，兒童的機智與勇敢在作品中充分被呈現。

少年偵探團

江戸川亂步 著　曹藝 譯

東京都裡出現了一個渾身黑的怪物，黑暗中會咧開嘴陰森的笑，人們稱他為「黑魔」。黑魔已經陸續拐走幾個五歲的女童，卻又像是抓錯人般的中途放了他們。這些受害者遭到黑魔襲擊的地方，都在篠崎——少年偵探團成員之一的住家附近，篠崎的妹妹似乎也被盯上，更進一步得知家中有個寶石也許就是黑魔的目標！

為了保護妹妹與寶物，篠崎與少年偵探團正式向黑魔宣戰，有了名偵探明智小五郎的協助，神祕的黑魔與寶石的祕密即將被解開。

妖怪博士

江戸川亂步 著　徐奕 譯

少年偵探團成員泰二偶然跟蹤了一個形跡詭異的老人，沒想到竟一步步掉進老人的陷阱。老人自稱「蛭田博士」，他將泰二催眠後命令他回家偷出有關國家機密的文件，更將泰二拐走。此外，蛭田博士更綁架了少年偵探團的其他孩子，邪惡的力量正一步步侵蝕著少年偵探團，究竟蛭田博士的陰謀是什麼？大偵探明智小五郎親自出馬，拯救被妖怪博士折磨的孩子們，更進一步揭開妖怪博士的真面目。

青青書系簡介——陪伴青少年走過人生最美時光

旺盛的生命力，從翠綠出發！

給青少年最青的文學閱讀，優質、多元、有趣。

我們相信：文字開拓的無限想像，是成長的必備養分。青青書系充滿新鮮的想法、新時代的感性，以輕量閱讀讓文學變得親近可愛。但願年輕的心靈迷上字裡行間的美好，由此探尋自身、關懷世界，親自品味如歌如詩的青春。

長腳的房子

蘇菲・安德森　著　洪毓徽　譯

即使是死亡，也能啟發我們去擁抱生命。

十二歲的瑪琳卡夢想擁有平凡的生活：住在普通的房子裡，和普通人做朋友。可偏偏她的房子長了一雙雞腳，總是毫無預警地將她和祖母帶到陌生的地方。這一切都因為瑪琳卡的祖母是一名雅嘎，負責引導死後的靈魂前往另一個世界，而瑪琳卡註定要延續這份使命。年輕的瑪琳卡不願一輩子過著與死人為伍的生活，她決心扭轉自己的命運。殊不知這個決定將讓她的人生失去控制，而同時房子卻有自己的打算……

三民網路書店
www.sanmin.com.tw
超過百萬種繁、簡體書、原文書5折起